台灣版專序

　　台灣的讀者你們好！很高興能跟正在翻閱此書的你打招呼，相信這是我們之間的緣分！一定是！

　　說起台灣，良久前就萌生到台灣旅行的念頭，但因疫情的關係，直至今年才有機會旅遊。五月時，我來這裡出差，遊覽過台北和台南；六月跟朋友旅行，去了台北和台中，沒想過一來，就幾乎遊遍整個台灣，哈哈。每個地方給我的感覺都不一樣。帶有詩意、細雨綿綿的台北；美不勝收的風景的台中；古都味道餘韻猶存的台南⋯⋯在台灣的幾天，實在輕鬆舒服。

　　看到台北文創、文藝的發展，令我非常羨慕。一個城市，不應只有經濟發展，也應該從文化、藝術及科創都取得各樣平衡，台北似乎做到這一點。當時心想，這真好啊，希望台灣可以一直保留，不要放棄這些珍貴的價值。

最重要，還是這裡的人。一路上遇到的人都很友善，不論是餐飲店的店員、書店的店員、街邊的路人、司機，他們都熱情大方，我很享受跟這裡的人聊天，了解他們的想法。

因此，現在可以以文字交流真好，這本書寫於 2023 年的香港，記錄各種各類的都市愛情故事。愛有千百萬種形式，但我們都是同一顆心去感受，即使兩地文化不同，我相信仍有共鳴。期望你們享受這本書的故事。

最後感謝春天出版社莊宜勳總編輯、鍾靈主編、所有協力的好伙伴，和夢繪文創阿民，令這本書得以面世。萬分感謝你們的辛勞。

西樓月如鈎
2024 年 9 月 10 日於香港

作者序

戀愛是一件亂七八糟的事。

我覺得大部分人的愛情都是亂七八糟,不是指生活上的混亂,而是當我們正值青澀時期,愛情觀比較單一,很容易因為一個優點就喜歡一個人,這時的愛情沒有太多物質的計較,但處理手法卻不夠成熟,亂七八糟的,一旦遇到問題,初戀的感情往往都經不住考驗而分開。

長大後,成熟一點,談過幾次戀愛,多了一些經驗,會好一點嗎?才不,還是如此。感情上仍然會行差踏錯,傷害了其他人,背叛了對方,也是亂七八糟的。

原來無論什麼年紀也是一樣。

也許是我們不知道自己想要什麼,全憑感覺而行。將自己的戀愛簿畫得一團亂。

但這就是人,這就是人生。愛情就是在稚嫩、不成熟、不完美之間互相碰撞,擦出奇幻的火花。

　　人真是奇怪呢。

　　就是這些火花,填成了我們的詩。許多人都不會寫詩,正如我們都不懂愛情,都是在跌跌撞撞之中經歷它,匆匆忙忙之間填詞,最後寫成一首亂得不行的詩。
　　但多年後回望,你還是會覺得那是你最愛的詩。

西樓月如鈎

contents

交友APP遇上這樣的一個她　　　　　　009

一段表錯白的感情　　　　　　　　　　031

當永不說話的女生遇上說個不停的男生　055

我和老師那些不可告人的秘密　　　　　071

給你的最後四封情書　　　　　　　　　117

只有入夜我們才能見面	141
經常借我面紙的女生	157
初戀是一首亂七八糟的詩	173
親愛的這不是愛情	223

secret love
four last love letters to you

交友APP
遇上這樣的一個她

大家都說,交友 APP 是無底深潭的濁水。

能在濁水之中遇見清新脫俗的妳,也算是一件不可思議的事。

#1

晚上七點,他們約在噴水池旁相見。

「妳就是 Laaamshuen_23?」一個穿藍色長襯衫、黑色西褲,打扮甚為正式的男生問。

「你是 Bigbigbird6969?」一個打扮青春,穿白色 T-shirt 上衣,下身藍色牛仔短裙的女生問。

「對。」他耳根發紅地點頭。

第一次見面,通常頭一秒是最尷尬,這次例外,因為是從頭到尾都在尷尬。

大概因為,這個女生比他想像中還要可愛得多。

「你幹嘛臉這麼紅? Bigbigbird6969?」她笑問。

他左右環望,面有難色地道:「不要喊我這名字啦。」

「奇怪,是你自己改的呢。」

「是我的朋友亂改!叫我林子謙就可以。」

「我也姓林,單字璇。Bigbigbird～」她咯咯地笑說。

他們照原定計畫到餐廳用餐,坐在餐桌前,他心急如焚,心想有什麼可說。

他想起網上的戀愛速成教學,第一要點是絕不能死寂,不然人家會覺得你無聊。

對,要找點話題聊……嗯……聊什麼好呢?

「啊,對了,妳……男朋友不介意妳約人嗎?」

「Bigbigbird,你這招用爛了。想知道我有沒有男朋友,為什麼不直接問呢?」

「那妳有男朋友嗎?」他耳根更燙,感覺血液全湧去耳朵。

「我說你可以問,但我也有權利不答啊。」她奸狡地回答,笑容煞是好看。

他投降了。

「妳不問我嗎?」

「不用了。」她輕淡地說,一邊奸笑,眼神表明:一看就知道你沒有女友。

他整張臉都紅得如一個熟透的紅蕃茄。

「Bigbird,你是第一次約女生出來嗎?」林璇問。

「說了不要叫我這個名字。」林子謙說:「不是,這次是第十次。之前約過的女生,她們都說我皮膚差,要帶我去做美容;或是身世可憐,要幫她們買一份保險;或是一天要去很多

間餐廳吃飯。」

　　林璇一邊聽一邊笑得前仰後合，想不到世上還有如此天真的男生。

　　「你真是個絕世純情直男，她們在騙你而已。」

　　「什麼？」他努力回想，疑惑地問：「是嗎？」

　　「還是你在裝純潔？男生玩交友 APP 的，來來去去都是找性伴侶、約砲。」她以嬌豔的眼神盯住他說：「都是想上床而已。」

　　「才不是！」他吞了一口水回答。

　　服務生一到，林子謙急忙從袋中翻出一本筆記，像朗誦一樣，對著筆記本點菜。

　　「你的筆記都是些什麼？」她好奇問。

　　「不告訴妳。」他覺得保留秘密，算是他對她的卑微的反擊。

　　「呵，你成長了。」

　　「承讓承讓。」

　　一頓飯的時間，他覺得林璇這個女生好有趣，不但說話有內涵，而且會用心聆聽人說話，至少比之前遇過的都好得太多。她們都自顧自說話，沒有認真理過他講什麼。

　　「謝謝你這頓飯。」她說。

　　用餐後，他們漫步於尖東海旁，海風輕拂她的秀髮。此時

夜色撩人，萬家燈火點綴維港夜景，氣氛浪漫。

「不用。」他誠心說：「是我多謝妳陪我。」

「也謝謝你用筆記記下我之前跟你說過，我吃什麼、不吃什麼。」

他懊惱，原來她一早就知道，什麼都逃不出她的法眼。

「別這麼失落的樣子，我是在稱讚你喔 BigBird。」

「別再叫我這個名字了。」

「我喜歡這個名字。」

他的心漏跳一拍。

二人凝望大海，湧浪來來回回地拍打海岸，濺起的白色泡沫的浪花，響起舒服悅耳的海浪聲。

「你覺得在交友 APP 可以遇到喜歡的人嗎？」她忽然問他。

「嗯⋯⋯我不清楚⋯⋯也有可能？」

「可是你覺得怎樣才算喜歡？」

「怎樣才算？嗯⋯⋯」他不知道怎回答。

「我覺得至少有怦然心動的感覺吧。」她頓了一頓再說：「你知道怎樣是怦然心動？」

「怎樣呢？」

「就是你現在看著我時的感覺。」她嘴角上勾笑說，說完這句後，像一個剛惡作劇完的小女生奔走。

他又再次面紅，幾秒後才醒過來，追隨其後，大叫：「喂，

我可以再約妳嗎？」

誰知她一直跑到路邊一個男生的電單車前。那個男生高大威猛，至少有 186cm 高，而且看上去是一名帥哥。

那帥哥冷漠地瞄了他一眼，眼神有點奇怪。

「有人來接我回家了，謝謝。」她坐上電單車，親暱地攬著那帥哥的腰。

林子謙呆了，剛才熱血沸騰的血液馬上急遽冷凝。

「噢。拜拜。」他死命擠出笑容，僵硬的假笑。對啊，人家從沒說過自己沒男友，像她這麼漂亮的女生怎會沒男朋友呢？

「再見。」他目送他們的身影離開。第十次失敗……嗎？他不知為何覺得落寞孤單。

一個人走路回家，他忽然覺得連自己的影子都變得孤單。

「好寂寞啊。拜託月光不要再照了！」他說。

過了十五分鐘後，他收到她的訊息：「BigBird，你的笑容好假。笑一個，他是我弟弟耶。」

#2

人家說，第一次約會後才是關鍵。

「因為見面後,對大家真實一面有所認識,包括長得怎樣、談吐正不正常、合不合拍⋯⋯之後的反應才是最誠實,代表對方想不想跟你發展下去。」室友陳小灰跟林子謙說。

「我們有繼續聊天啊,她貌似沒什麼問題。」林子謙說。

自從那次見面後,林子謙跟林璇仍有繼續聊天,這是他意料不及的事。

「妳回到家了嗎?」他問。

「親愛的 Bigbigbird6969 先生,我連澡也洗好了。」

「為什麼妳還是叫我這個名字。」還是全稱。

都是陳小灰害的,說什麼 Bigbigbird6969 會給人覺得好雄偉的感覺。

「這個名字挺好啊,至少比林子謙有記憶點。」

咦,她居然覺得是好?

「那我也叫妳 Laaamshuen_23。」

「這不需要啊。」

「為什麼?」

「因為不用記憶點,你也會記得我啊,呵:P。」

她每句說話都刺中他的內心,就像每一步都被她牽著鼻子走。

無法反抗,而他也不想反抗。

「那請問親愛的林璇小姐,今天開心嗎,累嗎?」他問。

「也挺開心……至於累的話,有一點……」她馬上回覆第二句:「Bigbird,不要接下來跟我說:『妳很累,因為妳在我腦海裡跑了一整天』之類的話……我會打死你喔。」

「……」

給猜到了!

他的確是剛剛看完網上的撩妹情話,打算借機好好運用一下。

林璇應該有不少戀愛經驗。他是這樣想。

陳小灰望他看手機看得入神,便提醒說:「你正在危急存亡之秋,你知道嗎?一個女生用交友APP,少說有數個,多則有數十個男生同時撩她,所以出來約會見面可能同時間也有五、六個,你有數之不盡的對手。她正在選擇中,約會一次真的不算什麼。」

「我要怎樣做呢?」經陳小灰一說,他有點慌張。

「下次出擊就是黃金時間,需要直中要害。」

「那是要怎樣?」

「她有沒有喜歡什麼東西?」

林子謙打開他的筆記本,搜索一番後,說:「啊,有,我知道她喜歡誰。」

「這樣就行了,我出計謀!保證沒問題!馬上水到渠成。」

第二次約會，她照舊應約，應該是好的開始？可能因為陳小灰的一番話，讓林子謙又緊張幾分。

「早到喔，Bigbird！咦……你抓了頭髮嗎？」林璇這次穿了一條蔚藍色的連身裙，看起來既有氣質又大方。

「對，你喜歡嗎？」

「呵呵。」她露出一個意義不明的微笑。

這天，他們看一部日本的純愛電影，到廣場戲院取票後，他咬咬唇，讀出腦海中練習數次的說話：「咳……對了，『如果有多一張票，妳願不願意跟我一起看？』」

「嗯？我們已買了兩張票，多一張票，三個位置幹嘛？」

「沒……」

進到戲院，在座位上他又開始表演：「『不管我的角色是什麼，戲分有多少，哪怕只給我一秒鐘的鏡頭，我也要想辦法讓你在這一秒鐘內記住我。』」

「對啊，很難忘記你。」她盯著他下半身說：「Bigbird，你褲子忘記了拉拉鍊。」

「Oh！對不起。」他一臉窘態地拉好褲鍊，面紅如桃。

不不不，還有最後一招。眼神。

眼睛是靈魂之窗，他有信心用眼神能迷倒她。

他深情地凝望她，不斷放電。兩秒後，她開口問：「你的眼睛是抽筋嗎？」

「……」他像一個洩氣的氣球，心灰意冷地說：「不像嗎？」

「像什麼？」

「像梁朝偉的眼神。」

「你一整天都是在扮他？」

「我以為妳喜歡他。」

「哈哈……我喜歡他啊，但不是喜歡扮梁朝偉的Bigbird。」

一整場電影，他都不太知道電影說什麼，只覺得自己搞砸今天的約會。

黃金機會……是不是失去了？

到散場之後，他們步出戲院，她首先開口：「這部電影不錯。」

「對啊。」他淡淡地應和。

她側面望著他，道：「謝謝你的用心，但你做自己就可以，我覺得為了他人而失去自己，那是最可惜。我比較喜歡本來的你。」

喜歡——我？他腦海自動過濾某些字眼，呆滯幾秒。

失去的笑容，又重新活現！

「喂，別想太多！」她的纖指輕輕彈了他的額頭一下，說：「我只是說，不喜歡你假裝其他人，沒有了自我。」

「好啦……對了,我送妳回家?」

「不用了。有人來接我。」

「喔?又有人接?」

這次是一輛寶藍色的私家車,他看得出坐在駕駛座的並非上次的「弟弟」,而是另一個男人,大概三十來歲,看起來成熟有魅力。

「再見啦。希望下次出來的,是林子謙而不是梁朝偉。」她說。

意思,還有下次嗎?

他有一點疑問,突然想起陳小灰說,一個女生可能同時跟五、六位男生約會。

「再見。」

「再見啦。」

我應該問她接送的事嗎?會不會太八卦。林子謙如此想。

#3

「Bigbird,你覺得愛情到底是一見鍾情還是細水長流?」她訊息問。

「好困難,好像都可以耶。」

「那你會選擇哪一種?」

「不知道啊……」

「那下次見面時回答我吧。」

這是他們第三次約會見面,他們在交友APP認識後,先前兩次上街的感覺都不錯,只是林子謙一直不明白,為何每次約會後都有人接送林璇,到底那些人是誰。

重點是,她從來沒說過自己沒男朋友啊!

「你白痴喔,當然是回覆她『細水長流』。」室友陳小灰又開黃腔。

「你去死好不好?」林子謙翻他白眼道。

他覺得第三次見面時,一定得問出她有沒有男朋友。因為對一個交友APP的朋友來說,其實已失去新鮮感,要進入作戰階段。

這當然是陳小灰的話。

陳小灰說:「你約她騎單車,看她穿什麼就知道。」

「為什麼?」

「如果騎單車還穿短裙,你應該可以直接上酒店;如果是短褲,代表你還有機會努力。」陳小灰一面猥瑣地胡說八道。

「去死吧你。」

林子謙決定不會再相信陳小灰,但想不到有什麼好活動,

結果還是約她騎單車。

當天,林璇穿了一條牛仔長褲。

「BigBird,你怎麼一臉失望的樣子。」林璇好奇問。

「沒有啊⋯⋯」他心中暗忖,不要信陳小灰的鬼話!

從大水坑騎到大美督,他們一直緩慢而駛,並肩享受迎面吹來的海風,水光瀲灩、河天一色的美景。橘紅色的豔陽擠開葳蕤的枝葉,於熾熱的地板刻畫出一道光與影交織的圖畫,美不勝收。

不久,他們騎到水壩,此時萬里無雲,只有幾只風箏飄掛天上。蔚藍的海與天交集,混成一體,涵澹的海上有不少微細的白色風帆。

她深深地仰天呼吸一口氣,陽光曬得她白皙的面頰粉紅,如同初熟的蜜桃。她喝了一口水,將水壺遞了給他。

「口渴嗎?」

他內心小鹿亂撞。

要口水交流?

他假裝鎮定,乾咳一聲後接過水壺,咕嚕咕嚕的喝了一口。

「BigBird,你內心是不是在想,這是跟我間接接吻?」她彎腰笑問。

被猜對心中所想,他立時失控得如瀑布飛瀉般噴了水,地下應聲濕了一片。

「這裡好舒服啊。」

「妳喜歡可以多來啊。」

「不用了,我不喜歡噴水狂徒。」

她一句話,就能輕易令他臉頰通紅。

靜觀夕陽西下,她和他共坐堤壩之上,望著倒影問:「我們不如玩一場遊戲,今天只能問對方一道問題。」

「好啊。」林子謙不假思索便問:「妳……有男朋友嗎?」

「如果我說有……」

林子謙聽到這裡,內心一沉。

「……那你一定會很失望了。」

「但如果我說沒有呢……」

林子謙聽到這裡,內心一喜。

「你也可能不相信我……」

搞什麼,她真會操弄人的心理。

「那我回答,待定好了。」她微笑地道。

他的心跳飛快地加速。待定的意思是什麼?是等待他確定的意思嗎?還是等待他?

「好了,換我。」她抹一抹額上的汗問:「上次問你的問題,你有答案嗎?」

「我有仔細地想喔。一見鍾情跟細水長流……我會選擇細水長流,因一點一滴用年月換來的感情,比起激情來更難能可

貴。」

她聽到這個答案，臉上竟閃過落寞的神情，不過一秒後就消失，立馬回復笑容。

他覺得她內心有秘密。

「Bigbird，你知道嗎？如果一個女生在你面前很喜歡笑，那是表示她將所有歡樂的一面都留給你。」

「喔？」

「你要好好珍惜。」

這是不是表白的先兆。正當他如此想時⋯⋯

「我想，我們還是以後不要再見面好了。」她面向夕陽說。

「⋯⋯為什麼？」

「Bigbird，這是第二道問題了。」

風箏斷了線，飛墜樹上，再也飛不動了。

#4

自那天起，林子謙再沒有見過林璇。

隔了不知幾天，他的電話響起，傳來寥寥數字的訊息。

「其實我有男友，對不起。」

他花上好幾天的時間，不斷重複翻看訊息，它如一塊沉重的大石壓在胸口，每一口呼吸都會隱隱約約地作痛。

　　真相大白吧，事情到這裡告一段落。

　　「其實我有男友，對不起。」

　　林子謙繼續於交友 APP 跟女生約會，對他來說，林璇沒有錯，交友 APP 本來就是這樣的地方，人家也只是一個約會對象，有男友是人之常情，畢竟以林璇的條件，沒男朋友實在說不過去。

　　「其實我有男友，對不起。」

　　他腦海總會不時浮現這一句。

　　往後的每一次約會，他都有一種錯誤感，但又說不出是什麼，有點像擲飛鏢飛中紅心旁邊空白區域的感覺。

　　「再見。」約會的女生對他說，而他深知道再也不見。

　　轉身，錯愕，只因他遇見一張熟悉的臉孔。

　　「林璇的弟弟……還是男友？」他問。

　　第一次跟林璇見面時，接走她的那個 186cm 電單車帥哥。

　　「喔？Bigbigbird6969？」高大帥氣的弟弟說。

　　「幹，怎麼連你也叫我這個名字？」林子謙感窘地說。

　　他們沿尖東海旁走了一里路，行人的笑聲疊住浪花聲，左右交響。天空飄落微微雨粉，如同白色的粉塵落地。帥氣的弟弟說：「我真的是她弟啦，寶藍色汽車那個才是她男友。」

「喔……」林子謙失望，但又想起什麼的說：「但等等……她男友不介意嗎？」

會不會太奇怪？接送一個跟別的男人約會完的女友回家。

「她沒告訴你嗎？玩交友APP是因為她的男友。」

「什麼？」

「是她的男友叫她玩交友APP啊。」

他腦海頓然冒起橫刀奪愛的想法……不會吧，現實也會有日本愛情電影的情節？

「不是你想的那樣。」弟弟似乎知道他想到哪裡去。

據她弟說，林璇跟她的男朋友拍拖十年，是細水長流的戀愛。從中學、大學到畢業，他們都沒有分手，身邊的人都說他們是金童玉女，看好他們會結婚。

不過幾個月前她發現他出軌，跟女同事上了床，還不止一次。

「我不想我的人生只有妳一個，偶然也想……試試別的。」他坦白了，感情輸給新鮮感。因為女同事無論哪一方面都完全比不上林璇，卻夠「新鮮」。

她不知如何反應。

傷心欲絕，混亂的思緒，無從排出的痛苦，臨近世界崩潰的邊緣。

她的男友為了挽救，提出：「如果妳也出軌一次，一人一

次打和不就可以？這樣當打和。」

　　跟林子謙相約那天，混亂又傷心的她只是隨便在 APP 裡找個對象。而她弟是擔心才來接她回家。

　　「我本來很擔心，但那天她跟你見面後，竟然重拾久違的笑容。」

　　本想玩玩，但遇上這個純真男孩玩不下去。

　　「其實她也痛苦啊，十年感情，果真說離就離嗎？她男友一直苦纏她。另一方面，她內心可能覺得對你也不公平吧，好像利用了你。現在，可能她已經選擇原諒男朋友了。」

　　林子謙想明白，為何她會問一見鍾情還是細水長流了。

　　她一直在痛苦和掙扎，也不清楚自己該離或不離。

　　因此那天的問題，是在問林子謙，到底該原諒嗎？還是開始新一段感情。

　　笨蛋喔，林子謙，你那天還勸人家應該要選擇多年的感情，不是給自己封了絕路嗎？

　　笨蛋笨蛋！

　　「謝謝你，弟弟你真的很帥。最後能告訴我她的地址嗎？」他問。

　　當晚他在她家門外靜靜等候，待她扔垃圾時，才發現林子謙站在門外的燈柱，不由得嚇了一跳。

　　「BigBird？你怎麼在這裡？」

「我在等妳啊。」

「傻了嗎？你怎麼不按門鈴？」

「我有想過，不過想著想著，又怕會驚動妳，可能妳在忙，然後就等到現在。」

「白痴喔，」她失笑說：「你會不會太溫柔了？」

「笨蛋才是。我都不知道妳經歷了那些事。」

「你都知道？」她沉默一會後說：「我還欠你一句對不起……」

「不用對不起啊，我該謝謝妳才對。」

「是我謝謝你。」

雪花般的微雨飄飄而下，在微黃的街燈映照下如一群亂竄的螢火蟲，混亂又不知去向。

「第一次見面，是那個單純又笨拙的你拯救了我，讓我對世界重新有了信心。」

「但是妳讓我有了對愛情的信心。」

不知為何，二人開始互相道謝。

「謝謝你記下我喜歡吃什麼。」

「謝謝妳給我動人的笑容。」

「謝謝妳用心扮演我喜歡的人物。」

「謝謝妳告訴我要做自己。」

「謝謝你包容任性又混亂的我。」

「謝謝妳那壺甜蜜的水。」

「林璇,謝謝妳將笑容留給我。只是,我也願意承載妳的悲傷和眼淚。」

他鼓起勇氣上前抱住林璇,用盡靈魂每一分氣力。

「林子謙,謝謝你對我的溫柔。只是⋯⋯我不知道,我對你感覺是因為我溺水要找救生圈,還是真的喜歡你⋯⋯」

「妳原諒他了嗎?」

他感覺到她在搖頭。

「那不要緊。我明白啊,人的感情複雜得難以理解,所以才說我會等妳。」

「⋯⋯」

「我會一直等妳。」

他們擁抱了不知多久,毛毛雨都在他們肩膀堆積一層厚厚的雨粉。

這夜之後,他們沒有相見,他也刪掉交友APP,等待某一天,電話會傳來訊息聲音。

傳來答案的聲音。

#5

「林子謙,你是笨蛋。」陳小灰搖頭嘆息道。

「哪是。」

「誰人會像你笨成這樣,給女生空間,不就是將她推向另一個人嗎?」

「她需要空間嘛。」

「當然不是,你應該堅定地跟她說,『選我』。」

「我不覺得她是這種人。」

「女生都喜歡強勢的,現在沒戲唱了,她跟她男友都十年感情,你算什麼。」

「她男友都可以把十年感情視之廢物,我相信她有眼光的。」

「她多久沒找你了?」

「五個月吧……」

「她正跟自己男友風流快活。」

「可能吧,這也是她的選擇。」

「女生不是理性動物呢。」陳小灰喝一口水,便起身離開說:「不跟你談了,我下樓吃早餐,你要吃就跟著來。反正你走著瞧,她一定不會找你。」

林子謙也希望手機會響,可是這五個月來,一點消息都沒有。

或許,真的如陳小灰所說……

他盯住手機,心中不知為何有一種感覺,這次會響的。

一分鐘⋯⋯兩分鐘⋯⋯

嘟⋯⋯

果真響了！

他急忙接起，心裡驚喜萬分。

「喂！」

「喂！先生你好，我是大灣區的房仲Amy，現在有一個新物件⋯⋯」

他失望地掛線，將手機拋到牆角。

「要來嗎？」陳小灰又在房外問一次。

「來了！」他急急忙忙穿好簡單衣服，就下樓吃早餐。

落在牆角的手機，此時微微地震動一下。

【噹】

一段表錯白的感情

記得這件事是發生於盛夏蟬鳴的季節。

　#1

　　那年高中的我患上中二病。
　　那時航海王還未劣評如潮，火影仍未結束，二者平分天下的年代。
　　我甚至覺得自己是鳴人，走路都會彎低身忍者跑。
　　每個人在青春時期都曾經有一個令自己怦然心動的人。
　　如林黛玉之於賈寶玉、陳圓圓之於吳三桂、小櫻之於鳴人。
　　而我就是方庭之於林柏希。對，林柏希是我的名字，方庭是我喜歡的女生。
　　但我比較喜歡自己另一個名字，在網上世界的我叫：乂九狐・魂乂（對不起中二病發作）。
　　話說回來，我喜歡方庭沒有什麼原因，就是她的笑容是最好看，會讓人有暖心的感覺。你看見她，便覺得世界是甜蜜和美好的。
　　而且她的頭髮秀長，眉毛幼細，眼睛亮麗有神。
　　我一直都想跟她告白。

就在蟬鳴最響亮的早上,我在紙條寫上:「當我女朋友好嗎?」還有加上署名。

意外就這樣發生。

「幫我傳給後面的女神。」我告訴後座的同學阿明。

「誰?」

「左邊那個。」

誰料阿明以為是向黑板的左面,竟把字條傳給方庭旁邊的女生——張瑩。

「喂!林柏希給妳的。」他還故意大聲地說。

張瑩就是一個戴圓框眼鏡、綁雙馬尾的女生,看起來可愛斯文的女生類型,但不是我喜歡的類型。

「不是她啊!」我壓低聲音,狠拍阿明的後背,想要回字條,只是一切都已經太遲了。

張瑩接過字條,皺眉望一望,再抬頭跟我對視一下,瞬間移開視線,羞澀地低頭。

糟透了!她誤會了,我心知非常不妙!太不妙!這種事怎會發生在我身上?

待放學時,我想找張瑩解釋,其實我喜歡的人不是她,我喜歡的是方庭,那只是傳錯了,我應該寫上款,以後我都不敢了。

心中籌算對白時,方庭剛巧經過,拍一拍我的肩膀,語重

心長說:「我覺得你們很相襯。」

「不是啊不是啊……」

她以為我開玩笑,續說:「不用裝啦,我都偷看了,好好待人家啊!」

阿明經過時也偷偷笑說:「加油喔~」

加你死人頭,都是你這個左右不分的傢伙害的,還給我在笑……

我面如死灰,行屍走肉地行至校門,有人扯一扯我的衣袖,轉頭一看,正是張瑩。

「你放學了嗎?」她說話很輕,溫柔得令我都不敢大聲說話。

「啊……對……」

我們兩個人自然而然並肩一起放學。

一路上我們沉默,氣氛尷尬,我儲了十多分鐘才滿查克拉,才敢放膽說:「張瑩,有一件事我想跟妳說,其實……」

「我看了……可以啊。」她說。

「什麼……?」

「做你的女友……雖然我不知道你為什麼會喜歡我……可是我也想有一個機會認識你。」

「啊……哈──哈──哈──」我相信我笑得好假。

她的笑容真摯和可愛,笑得越開心,我越不忍心拆穿這殘

酷的真相。

　　當時也不知道，我的婦人之仁在後來會變成那樣的結果……

#2

　　正當我在網上忙於攻城略地時，忽然有電話打進來。

　　我不耐煩地提起話筒，大吼：「哪個混蛋打擾本火影大人打電動！」

　　「……對不起。」是張瑩的聲音。

　　「呃……不是，我不知道是妳。」

　　「你在忙嗎？」

　　「也……不是啦。」

　　「你功課寫完了？」

　　「嗯？」我瞄了一眼遊戲，還有未打開過的書包。

　　「我在想，你會不會想一起做。」

　　下一秒，我關掉所有的遊戲。

　　「嗯，也可以啦。」

　　張瑩是有一種魔力，讓人無法拒絕她的要求。

「還有，什麼是火影大人？」她好奇問。

「不是嘛，妳沒有看過火影！」

與其說是我們一起做功課，不如說是她幫我補習。基本上她大部分題目都懂，果然是一位用心上課的好學生。

而我比較好一點的，就僅僅是歷史。

「西周發生的叫三公之亂。」我自信地回答。

「噢，好的。」她說。

學生時期，多了女朋友的分別原來就是，她會打電話找你聊天。

隔天收回的習作簿，一個紅色大交叉飛來。

（三監之亂，什麼三公？）老師的評語。

「呃，對不起。」我向張瑩道歉。

她唯一一個功課的錯誤就是來自我的自大。

「不要緊，一起錯也是不錯。」她笑說。

張瑩就是一個這樣的女生。

好幾次我都想跟她說清楚，其實當天的字條不是給她。每次我鼓起勇氣，但到面對面時又會洩氣，永遠找不到合適的時機。

而且她太溫柔，溫柔得你根本不想傷害她。

一直拖一直拖，時間越長，就越難開口。漸漸地，變成了一項不可能的任務。

後來我才知道一個道理：分手，從來都沒有所謂的合適時機。

錯誤地開始關係的一星期後，她提議不如假日去爬山。

「就我們兩個？」我問。

「找方庭一起好嗎？她也喜歡爬山。」她問。

她跟方庭坐在一起，早就相熟得變成好朋友。

「喔，好啊。」

就這樣，假日的清晨我們三個人去郊外爬山。

張瑩少有地放下頭髮，穿悠閒運動服的她多了幾分少女味，可愛動人。

只是方庭一來到，簡單一句：「Hi。」還是會令我心不斷跳動。

這很正常吧，畢竟我一直以來喜歡的是方庭啊。

這一刻的我處於天人交戰。

在我內心有一絲罪惡感，無法擺脫，只因我本來是喜歡方庭，問題我又有一個（女朋友），無奈我又不忍跟她說真話。

我嘆了一口氣。

明明想告白的是方庭。我詛咒了阿明一下，就那麼一下，若不是他……大概此時他會不明所以地打噴嚏。

「你今天不舒服嗎？」張瑩揮動手在我面前問。

「不是……不是……」

「為什麼你在發呆?」
「我在儲查克拉,怕一會上山不夠用。」
「那我們上山了。」方庭指著山說。
讓方庭誤會我喜歡了她朋友,這真是最差勁的事。
這次旅途,會不會有機會解釋?
可是面對她們兩個,不知怎地⋯⋯
我有不祥的預感。

#3

那天炎陽酷熱,身處室外跟置身一個大火爐沒什麼兩樣,曝曬一會都會讓人頭暈。我們步行兩個小時多,那座山的難度不算高,只是天氣的關係,令人容易疲倦。

她們兩個女生原本聊個不停,我則跟隨其後,久而久之方庭開始不太說話,變成由張瑩領頭,方庭居中,我跟在她後面。

我汗如雨下,見方庭更是辛苦,臉頰通紅。

「妳還可以嗎?」我問。

「嗯嗯,我可以的。」她道。

「妳喝水嗎?」

「嗯嗯,我可以的。」她像機械人回答。

「她好像不行,不如我們走慢一點。」我向前面的張瑩喊話。

「好啊。」張瑩也同意:「方庭妳沒事嗎?要不要停下休息一會?」

方庭搖搖頭,我覺得她是硬撐,一路上更擔心她的狀況。

「妳要不要喝水?」「妳要不要毛巾?」「妳要不要歇一歇息?」「妳真的不要緊?確定?」我不斷問。

她臉色蒼白地笑說:「你這樣急著照顧我,我差點以為你是我男朋友。」

聽到這句我的心劇烈一震。

「誰叫妳那麼弱呢。」

「看你粗心大意,原來也挺細心。」

「當然。」

「張瑩有你這個男朋友真好。」

「呵。」我不懂回應,只覺得心刺痛一下,像被一根細小的針扎傷。

其實不是啊,我喜歡的是妳。

我望著她的身影說。

過了一小時多,終於登峰。

「這裡景色真好啊!」眼前的美景令方庭也恢復精神。

「幸好妳沒事啊。」

「謝謝你。」她感激地對我說,眼神有一點不同。

兩個女生拍夠照後,就決定下山,免得方庭出什麼事。

下山後,我們在火車站解散,她的臉色已恢復不少。

「妳沒事吧,要送妳回去?」我問。

「不用啦,你今天一整天都沒陪過張瑩,你確定你不用?」她望著張瑩說。

「那妳小心一點。」我說。

「謝謝你。」她又多說一次。

直至方庭完全消失在我眼前,我才轉開視線。

內心嘆了無數次氣。

其實我是想送她回家,如果弄清楚的話,我就不用這樣。不如就在回家的路程跟她坦白吧?

「我……送妳回家?」我問。

「好啊。」

「妳覺得我今天是不是冷落了妳?」

我在想,如果她答是,我就可以順勢道出事實。

「不會啦。」

「其實是因為……」

「我覺得你是好人,很會照顧人。」

冷不防的一句讚美,讓我有點措手不及。

張瑩的純真已經超出我所想。
我們坐在輕鐵，緩緩穿梭城市之間，將一棵棵樹木、一幢幢大樓盡都拋離身後⋯⋯
不經不覺她到站了。
「我喜歡輕鐵，凡事都不用太快。」她說。
「是啊⋯⋯」
「到站了。」
離別時，她在我臉上蜻蜓點水的一吻。
「我很欣賞你喔，真的。」
我呆在原地，出了車門後，她笑著跟我揮手。
只是，原本應該甜蜜的吻，卻令我罪惡感更大。
回程時，我收到方庭的訊息。
「今天幸好有你的照顧，感謝你！」

#4

星期一上學，一大清早方庭就在座位整理功課。
「方庭，妳好一點沒有？」我問。
「早就沒事啦，不用太擔心我。」她微笑說。

可能是我錯覺，感覺自從爬山之後，她對我多了笑容。
這時候，張瑩剛好也來到學校。
「早安。」張瑩還是溫柔地打招呼。
「早啊。」我說。
「你功課都做完了嗎？」她問。
「有妳教導。」我說：「哪有完成不了的功課。」
縱然爬山後疲累不堪，星期天當晚，張瑩還是打電話來關心我的功課進度。
如她所料，我是打算欠交。
「我怕你給老師罰。」她說。
「罰也沒有所謂吧。」我當時這樣回答。
「可是沒有人喜歡被罰，你也不喜歡。」
她說什麼都是站在你立場為你設想，而語氣是令人感到窩心。
她一份一份功課的教，比老師更專業細心，感覺她好適合當老師。
我想，如果未來她當老師，一定不得了。
在我做功課的時候，她就在看火影漫畫，明明她是一個不看漫畫的女生。
在她指導下，我所有功課都完成了。
我跟張瑩正閒談時，不經意瞄到方庭盯住我們⋯⋯以一種

觀察的眼神。

上課時，我的手機收到短訊，還以為是張瑩，結果是方庭傳來。

「吼！你不專心上課。」

我轉身回頭，張瑩正努力抄筆記，方庭則是似笑非笑地望著我。

「奇怪，妳不也是嗎？」我以口型回答。

到了放學的時候，因張瑩有事先回家，我打算自己一人回家，在門口卻遇到方庭。

「張瑩呢？做男朋友也不送她回家嗎？」

「今天她家有事要先走。」

「那一起去車站？」

「好啊。」

跟方庭一起放學本來就是我的夢，現在感覺不真不實，原來夢想實現後，就會發現並沒有自己想像中喜悅。

加上我確實有了女朋友，開始覺得跟異性單獨放學有點尷尬。

「今天你上課不專心。」她忽然說。

「哪有。」

「有啦，我都看見了。」

「妳才是不專心的那個吧，到處留意人。」

「我又不是每一個都留意。」

彷彿有什麼重擊我的胸口,但怕只是自己多想。

「你在想什麼?想其他人嗎?」

「才不是。」

「你不想你女朋友嗎?」

「不告訴妳。」

「你知道嗎,我最近發現一件事⋯⋯」

她停頓了,似乎希望我追問下去,我便順勢問道:「什麼事?」

「就是呢⋯⋯你呢,為什麼一直都很留意我。」

「⋯⋯」

「哦!」她一副「被我說中」的樣子。

她緊盯著我,諂笑說:「哦!你糟糕了,你是不是喜歡我?」

我⋯⋯該怎樣回答?

#5

「哦!你糟糕了,你是不是喜歡我?」方庭問。

「哈哈……」我一面傻笑,內心慌亂得像打敗仗的士兵,此刻最想就是逃離兵荒馬亂的現場。

「你怎麼不回答我問題?」她見我久久不應,便追問。

天人交戰一番,我內心極度渴望回答:「是的,我根本從一開始就喜歡妳,只是因意外表錯白,才變成今天的局面。」

我想解釋,當初的字條是給她。

我想解釋,其實我是喜歡她。

我想解釋,其實我不是喜歡張瑩。

但不知為何,我說不出這一句。

「喂……」她仍在問。

我腦海一片混亂。

當我想到,如果我這樣說的話,張瑩大概會很傷心?她會心碎得痛苦?

我不想張瑩傷心。

「為什麼你不說話了?難道我說中了嗎?」她再問。

我們站在紅綠燈前,紅燈過後綠燈又閃爍不停,來來回回數十次。

思前想後,我終於回答:「哈……妳不覺得這道問題很奇怪嗎?」

「有嗎?」

「無論如何,這一刻我是張瑩的男朋友嘛。」

……

空氣是死寂,如同消失生命的風,從颯颯而吹變得平靜。

「嗯嗯。」她沒語調地輕哼一句,明顯是隨便回應。

接下來她完全沒有理會我的意思,表情一秒轉變,眼神也變了。她板著臉走到車站。

氣氛到底是何其尷尬。我想殺了自己。

「走了,拜拜。」

目送她的背影離開,我深深嘆了一口氣。

我不知自己在做什麼,竟然這樣回答她。絕對是找死,都不想活了……

沒救了……我的感情。

心沉沉甸甸,注入了千斤重的銅鉛,我提起重如萬斤的腳步回家。

到家樓下,在信箱發現了一盒喉糖和字條。

便條上面寫著:「看你這幾天有幾聲咳,是給你潤喉啦。」

是張瑩給我的。我更是內疚。

我不值得啊,因為從一開始就是謊言。

只是因為我一直都不知怎去面對,才弄成今天的局面。

內疚使我打了一通電話給她。

晚上我約了她在她家附近見面。

「為什麼這麼晚約我啦?」她問。

「妳今天不是有事早回家嗎?怎麼我信箱有妳的喉糖?」

「我跟家人在你家附近吃飯啊,經過就想起你今天有幾聲咳。」她淡淡笑說。

她真是一個溫柔的人。

這令我實在不忍再瞞她⋯⋯

深深吸一口氣,我決定說出口。

「張瑩⋯⋯」

「嗯?」

「我有些事想跟妳說喔。」

「什麼?」

「其實我不值得你對我那麼好。」

「呵,為什麼?」

「記得我傳字條給妳當天嗎?」

「怎會忘記呢。」

「我起初想表白的人根本不是妳,原本那字條就不是給妳的。」

接下來,她給了我一個意想不到的反應⋯⋯

#6

　　「我起初想表白的人根本不是妳,原本那字條不是給妳的。」我一口氣地說,因深怕自己會沒膽量繼續說下去。
　　長久以來想說的話,今晚總算能說出口,說畢,才發現出了一身冷汗。
　　林柏希,會不會太遲啦?
　　如果當時馬上開口,可能結果就會不同。
　　無奈實在不懂處理。
　　一切都只是一場錯誤,由錯誤而生的感情,理應在此終結。
　　接下來,她的反應是我意想不到。
　　「那……其實是阿明嗎?」她反問。
　　「蛤?」
　　我錯愕得不知所措,瞪大眼睛,足足過了一分鐘才反應過來:「不是啦!我怎會對那傢伙……妳想錯了。」
　　「不是嗎?明明我看你們好親密。」她疑惑道。
　　「不、不是妳想像的,我是喜歡女生……」
　　「欸,不要緊啦,你可以偷偷告訴我。」
　　「真的真的不是!」
　　「好啦,我說笑啦。」她收起笑容,點頭道:「真的對不起。」

「對不起？」我懷疑自己是不是聽錯，再問：「為什麼？」

「我搶走你告白的機會，你應該一直都很苦惱吧。無論是怎樣向我解釋，還是苦惱那女生誤解了，都應該困擾你好一段時間⋯⋯所以對不起。」

這個時候，我果真不知怎樣回應。

在我腦海中，曾經幻想過無數的畫面，張瑩如何罵我、打我、指責我⋯⋯

就是沒有一個畫面是她反過來向我道歉，而且她還明白我的心路歷程。

「不是啦，不是！絕對不是！一切都是我弄成的誤會，我才要道歉。」

「所以是方庭嗎？」沒來由的一句，直刺我心臟。

「嗯？」

「你喜歡的人。」

「妳⋯⋯何時知道的？」

「猜的⋯⋯隱隱約約感受到，你對她不一樣，都會特別關心她。」

「對不起⋯⋯」

「不要緊。那我們從今起就做回朋友，好嗎？」

「妳不恨我？」

「我不介意啊，如果這是誤會，那真是一個美麗的誤會，

因為我覺得你是個好人。」

「謝謝妳……」

「我幫你向她解釋嘍？」

「不用啦，妳已經幫我很多了。」

「也對，應該是你自己向她表白。」

「呃……這個……」我想方庭應該不會再理我。

「你功課做完了嗎？」

「還沒……我待會再做。」

「我火影差不多看到後面了。」

「那麼快？感覺怎樣？」

我們聊完火影之後，她就先回家。

張瑩是一個溫柔的人。

那溫柔極其細膩，如同沐浴於深山湖水，被涼涼的山水包圍，清爽而舒適，跟她的相處就是這樣。

最溫柔的人會令你察覺到自己的存在是無比重要。

特別是，到最後她還是微笑，縱然她的眼眶都已經通紅。

「鳴人喜歡小櫻那份感情真好，只是雛田有點孤單。」最後她說。

#7

　　隔天，我無精打采回到教室。
　　「嘩，你昨晚當賊嗎？」阿明見到我的「熊貓眼」後問。
　　「你才做賊呢，我還沒說你。」
　　「什麼鬼？」
　　我把自己的痛苦一五一十跟他道出，他聽完後就嘲笑。
　　「你還笑得出，都是你的錯。」我怨道。
　　「你原本喜歡的人不是她又如何啊？一開始是個錯誤又如何啊？」
　　「什麼意思？」
　　「那我來問你，你跟她相處開心嗎？」
　　「嗯──跟張瑩相處算是最開心和舒服，反而跟方庭……不知怎說，好像格格不入。」
　　「那她對你好嗎？」
　　「好到無與倫比，她會提醒我溫書和主動教我功課，也會關心我。」
　　「你會想念她嗎？」
　　「不時無聊也會想起她……」
　　「你想跟她繼續一起嗎？」
　　「其實……」

「如果這不叫喜歡,我不知道什麼叫喜歡。」他翻白眼說:「即使一開始是錯,那又不影響,現在變成對就可以啦。」

阿明的話如火花燒起燈芯,嚓的一聲亮起光,令我想通一些事。

是的,是我鑽了牛角尖。

放學時,教室裡剛好剩下我們二人整理書包,我走到張瑩的桌子前。

我交給她一張紙條。

她接過後想放在方庭的桌子,以為我是給方庭。

「不,這是給妳的。」

「嗯?」

她疑惑地打開一看,內容如同我第一次的字條,不過這一次我加上抬頭。

「我不懂……」

「對不起——我一直都覺得自己做錯事。以為因誤會而起,就一切都不是真實。但我想過,其實不知不覺跟妳相處的過程,我是喜歡跟妳一起。」

「……」

她咬著唇,揹起書包就離開課室。

「喂……」我追上前,跟住她離開校園。

她搖搖頭,表情滿是掙扎地說:「對不起,我有點亂。」

「亂什麼呢?」

「我不知道何時你說的是真。」

「我是說真的,沒騙妳。」

「問題我已下定決心了⋯⋯」

「所以⋯⋯?」

「所以⋯⋯如果我們繼續當朋友好嗎?」

她是對的,這樣反覆誰受得了,我是理解。

我停下數秒⋯⋯想了一想,再次追上她。

「沒關係啊。這一次我等妳好不好?」

她沒意料到我這一句話,眼裡充滿猶豫和疑問。

「我們就由朋友當起,再給我一次機會!這次我已經認清目標!」我認真地說。

「什麼目標?」

「妳啊。」

「⋯⋯我不理你了。」

她不說話,我繼續追上她的腳步。

「我起初確實不是喜歡妳,但慢慢發現,我喜歡上妳。」

「你經常變來變去,我怎知道你會不會又變?」

「我會變啊,會變得更喜歡妳。」

她笑了。這次的笑容不再是傷心的微笑,而是開懷的喜悅。

「妳笑了。」

「沒有！」

「明明就有。」

「我假笑的。」

「張瑩，可以繼續教我功課嗎？」

「不要不要。」

「喂張瑩。」

「又怎麼了？」

「我想說的是，鳴人最後是喜歡雛田。」

「呵，我不想理你了。」

二人的嬉笑聲傳至整條街道，還有地上的影子，漸漸地越靠越近⋯⋯

當永不說話的女生
遇上說個不停的男生

「我叫阿樂,可以怎麼稱呼妳?」

#1

開學時,周樂對這個女生很好奇,因為她比一般人來得安靜。

又藍跟他對望,卻沒有開口。

「對不起,妳耳朵聽不到嗎?」

她還是默默凝望他,不發一言。

周樂何時跟又藍說話,她都是這樣的反應:回望、沉默。可能有聽他說話,但無任何回應。

「算吧,妳這麼高傲。」

他覺得她是一個高傲的人,看不起自己所以才不跟自己聊天。

周樂是一個無法靜坐的人,在座位十分鐘,已經會周圍到處亂跑,跟旁邊的同學聊天。

「我覺得又藍是一個來自其他星球的外星人。」周樂走到另一邊說。

「你才是吧?你才奇怪。」好朋友陳賢說。

「喂！周樂！陳賢！給我坐好！學學人家又藍，人家上課多安靜。」

任何人都覺得又藍沉默得過分。

又藍不只跟周樂一個人是這樣。

「沒所謂啊，反正妳都不說話，我們拿走妳的午餐也沒所謂對吧？」幾個別班女生圍著她，咄咄逼人。

「不要一副囂張的樣子，臭八婆，不想跟我們說話嗎？真令人火大。」她們一手搶走又藍的飯盒。

「妳們幾個能說話又怎樣，都沒意思啊，狗嘴吐不出象牙。」

周樂替又藍搶回飯盒，把那些女生趕走後，問：「原來妳是什麼人都不想說話喔？」

又藍還是一句話都不說，臉上盡是委屈。

周樂發現，又藍不單不跟同學說話，而且連老師點名她回答問題，還是課堂報告，她都會沉默無語，然後全班死寂，尷尬萬分，只餘下一臉徬徨的她。

「她是不是啞的啊？」

「她就是不說話的人啦。」

「她喜歡這樣受大家注目啊，不知道跩什麼。」

同學都竊竊私語，覺得她怪異。

後來，他從班主任張老師那裡聽到一個名詞。

「選擇性緘默症」。

「『選擇性緘默症』？那是什麼？」周樂在教員室問。

張老師回答：「那是一種社交的焦慮症。他們有能力說話，也渴望說話，卻在特定的場景或人面前，一句話都吐不出，喉嚨及聲帶好像被鎖上一樣，自己也控制不了。」

「怪不得……」

「你是她的同桌，多照顧她好嗎？」

周樂點點頭，覺得錯怪她，心中不期然有內疚感。

「喂，又藍妳知道嗎，我今天遲到被人罵慘了，可是陳老師根本不公平……明明旁邊的女生也是跟我一樣遲到，卻什麼事都沒有……」

「又藍，妳喜歡吃雞腿嗎？我超愛的！樓下販賣部的滷雞腿超級好吃，有機會妳要試試……」

「又藍，我覺得教音樂的呂老師挺漂亮，不要跟任何人說啊。」

他發現跟她說話是一件好事，她不會像陳賢將自己的秘密四處廣播；她也發現他很奇怪，明明自己沒有回應，仍然會不斷跟她說個不停。

她曾經在紙張上問過他：「為什麼願意跟我這種怪人當朋友？」

周樂回答：「不打緊，我也不是一個正常人啊，人家都說

我坐不定,我也有 ADHD,就是什麼專注力失調過度活躍症,所以不用覺得自己就是怪,要怪便一起怪。」

「不過啊,有時我也希望聽聽妳的聲音是怎樣。」他又說。

她思索良久,隔了一天,她帶了一隻粉紅色的熊公仔來學校。

「怎麼了,這麼大個人還要帶公仔陪妳上學?」周樂問。

她搖搖頭,指著公仔,又指指自己,然後按了一下公仔的手掌,一道清澈動聽的聲音從公仔傳出。

這道聲是周樂此生聽過最動聽的聲音,很甜蜜和乾淨,沒有一絲絲雜質,是天使的聲音。

「阿樂,謝謝你,可以叫我阿藍。」

#2

不喜歡的事:社交分組說話暴力吵架菠蘿腸仔白飯水魚毛蟲小強天黑菠蘿汁。

她寫在紙上回答周樂。

又藍可以一整天都不說話,這對過度活躍的周樂來說,實在難以想像,只要十分鐘不說話,他都覺得有無數隻毛蟲在身

上緩緩蠕動一般痕癢難耐。

「阿藍妳很厲害。」他給她一個讚,而她覺得莫名其妙,她不能說話又不是自己願意的。

她用力地搖頭。

相處一段時間,周樂已經找到跟她相處的秘訣,就是以動作表示。喜歡就點頭,不喜歡就搖頭,起碼這樣他知道她的答案。

「妳喜歡這個嗎?我自己就很喜歡。」周樂指著咖哩魚蛋問。

她點點頭。

「妳喜歡這個嗎?也是我愛吃的。」他指著紅腸問。

她搖搖頭。

「真不懂美食啊。」

他再指著自己的臉問:「那妳喜歡這個嗎?」

她笑著搖搖頭,笑容甜美如蜜糖,甜得能融化人心。

「妳真不識貨啊,我可是有無數女粉絲喜歡,見跟妳相熟才讓 VIP 位置給妳,誰知妳不領情,將來我變成明星之後,妳可不要後悔……」周樂又在孜孜不倦,說個不停。

「周樂,不要再說話了!」張老師說。

周樂每天都要被老師警告數次。

至少目前,他得知又藍喜歡吃小吃,特別是魚蛋、燒賣之

類,也喜歡吃米線,最不喜歡是菠蘿、腸仔還有白飯。

二人偷偷笑個不停時,另一邊的吳俊輝感到好奇。

他在好奇為什麼一個不說話的女生能跟周樂交流。

那天體育課時,男女各自分組打羽毛球時,又藍再次感覺到恐慌,因每個女生都跟自己相熟的同學一起,而她不會開口要求,其他女生對又藍也不太友善,所以往往餘下自己一個。

她不喜歡被遺棄的感覺,獨獨自己一人的滋味不好受。

正當痛苦時,隔邊的周樂忽然開口說:

「思蕎,又藍好像想跟妳一組。」

「好啊,沒問題。」思蕎做出「OK」的手勢,她是班上唯一待又藍友善的女生。

又藍回望周樂,他眨眨眼回應,眼神就是:「沒事啦」的意思。

周樂記得,又藍曾經表達過自己害怕分組這件事。

她沒想到這件小事,他不但記住了,還幫她解圍。有些感動的時刻,不是他許下了天大的承諾,而是僅僅他記住自己說過的小事。

特別是,她根本不算說過,只是寫在紙上的其中一項。

打著羽毛球,球來球往時,又藍顯然漫不經心地,多次都接不到球,思蕎不禁問:「累了嗎?要不要休息?」

只因她總是左望右望,心不在焉啊。

思蕎拿著羽毛球問：「妳不喜歡嗎？」
又藍搖搖頭。
「不喜歡跟我一組嗎？」
她搖搖頭。
思蕎彷似察覺到什麼，沿著她的視線看。
「我明白了。」
「⋯⋯」
思蕎指著她視線的方向問：「那麼，妳喜歡那個喔？」
周樂正跟陳賢嘻嘻哈哈，不知道這一幕。
她望著周樂的背影，疑惑地搖搖頭，又點了點頭。

#3

　　音樂課的考試，各人都要表演一項才能，最多人選擇的當然是唱歌，例如五音不全的周樂，也有些是表演其他樂器如琴、笛等，或是 Beatbox。

　　大家在那時才留意到又藍，果然上天關掉你一扇窗，卻會為你打開另一道門。雖然又藍對普通人沒法說話，但是她彈吉他卻有一手，手指靈活自如地勾弦，猶如樂器是她身體的一部

分,掃得自然俐落,奏出美妙的音韻,全場無一不震驚。

「也太好聽了吧。」

「妳不是不說話?沒想到妳那麼厲害。」

身邊的同學說。

周樂誇張得站上椅子,大力拍手和吹口哨。

「周樂,你瘋了嗎?給我滾下來!」呂老師說。

下堂後,周樂禁不住興奮對她說:「如果妳自彈自唱,一定是最好的歌手啊,有點浪費妳天賦。」

她紅著臉搖搖頭,否定他的話。

「真的,我沒有看錯人,如果妳能開口,妳一定會是最紅的歌手。」

她心想,他實在太誇張。

「那個⋯⋯妳明天放學後有空嗎?」

又藍想了一想,一番掙扎過後,最終還是搖搖頭。

應該是她想多了。

「不要緊啦,我只是問問。」他說。

第二天放學後,又藍匆匆回到家裡,不到半小時,她便身穿便服、帶著粉紅色的熊公仔脫門而出。

她流淚著奔走,到樓下時,卻剛好看見周樂拿著一個大盒子經過。

「啊⋯⋯」

二人尷尬而視。
　　她停在原地，本以為多嘴的周樂會問長問短，大概會沒腦問一些：
　　「妳都流鼻涕了。」
　　「妳怎麼了？哭太醜了吧。」
　　「妳怎麼會在這裡跑步？」
　　他沒有問任何事，默默遞上紙巾說：「呃⋯⋯如果妳想，我不介意借妳一個肩膀。妳還我一隻滷雞腿就可以。」
　　她靠在他的肩膀。猶如在傾盆大雨、雷厲風行的狂雨之中躲進了避風塘。
　　原來周樂可以如此安靜。
　　過了不知多久，她終於穩定好情緒，二人漫步到附近的公園坐下。
　　周樂打開盒子，裡面是一個白葡萄奶油蛋糕，上面寫著阿藍生日快樂。
　　他搔搔頭說：「我偷看到妳生日。」
　　她沒想過有人會跟她慶生。
　　「厲害吧，蛋糕是我親手做的，不過見妳沒空，就打算放下在門口就走。」
　　月光下，她凝望著他的眼睛，發現跟星星一樣閃亮。
　　「我不知道妳傷心什麼啊，我不敢問，但我知道如果妳想

說，自然就會跟我說吧。」

周樂也曾經想過，她的焦慮會不會是來自家庭。

但這不是今天的重點，他點起蛋糕的蠟燭。

「許個願吧。」

當她閉上眼，吹熄蠟燭後，他好奇一問：「妳許了什麼願？」

她搖搖頭，大概意思就是，說出來不能成真。

「不要緊啦，妳怎會相信這些。」

在他好奇追問下，她走開一旁，對錄音熊公仔說話後，又再次回來。

按下播放鍵，空氣振動，仍是那一道好聽的聲音：

「希望有一天，能親口跟你說出我的感覺。」

#4

每個人生命之中，總會經歷低谷，就如走進幽晦冥冥、日星隱曜的森林，看不見光線，也找不到方向。

處於低谷不是問題，如果有人真誠陪伴你。

在又藍最痛苦的日子，周樂一直陪伴她。

只是單單伴在她身邊，說著無聊的廢話。

　　「喂，阿藍妳知道嗎？有一天，小熊熊剪了腳趾甲後，牠變成了什麼？是小能能！哈哈⋯⋯」

　　或是做無聊的事。

　　「阿藍，我們數一二三後一起比快跑到地鐵站，輸了的人請珍珠奶茶，三！」

　　就是這麼無聊的平凡小事，讓她捱過黑暗日子、捱過家庭最困難的日子。

　　「阿樂⋯⋯」

　　那是普通的平日，一個午後的數學課，微風輕輕撫摸他的臉，他睡得正甜時聽到的聲音。

　　「阿樂，上課了。」她說。

　　「什麼？妳說話了？」

　　這是他頭一次聽到她的話，是親口說的，不是隔著錄音公仔或是文字。

　　「妳沒有焦慮症了嗎？」

　　「還有一點。」

　　他興奮得無法自已，雖然只是跟他一個人說話，但已經是成功的一大步。往後的日子周樂繼續努力，每一日都為她介紹一位同學，令又藍漸漸適應與跟更多的人說話。

　　說話圈子一點一點擴大，她的沉默症得到治癒，生活慢慢

重回正軌。

她終於能慢慢跟人溝通。

某一天,周樂問:「妳喜歡怎樣的男生?不要說我啦,儘管我知道妳心裡很想說我。」

「才不是你這類型啦,一定是書生型帥哥,要溫文有禮、文靜的。」她故意說。

「喔⋯⋯」他若有所思地點點頭。

周樂為她介紹班上另一位同學,吳俊輝。

書生型。

他說:「妳叫我阿輝就可以。」

「你好阿輝。」她靦腆地打招呼。

「不如我們中午一起吃飯?可以多認識認識。」他問。

她眼神向周樂求救,可是周樂越退越後。

「我有事啊,你們吃吧。」周樂說。

吳俊輝往後的日子一直努力追求又藍,不斷跟她約會,而周樂不知不覺退得更後,每次找他都有事避開,快要淡出她的生命。

「我有事啊,妳找吳俊輝。」

又藍想說話,但真正想說話的對象不在。

又藍無計可施之際,想到一個日子。

那天,是學校的歌唱表演,沒有人想到又藍竟然會拿著吉

他上台唱歌。

她在台上緊張得一分鐘都出不了聲,直至平穩情緒,單單望著地下,忽視台下的人才能開口唱歌,漸漸越唱越好。

「我一直都想對你說,你給我想不到的快樂,像綠洲給了沙漠。

你會永遠陪著我,做我的一雙翅膀,讓我飛,也有回去的窩。」

全場熱烈歡呼,沒人估計過,一個從來都不說話的人,聲音竟是如天使般好聽。

完結時,她說:「謝謝各位,這首歌我只是想送給一個朋友,他讓我能重新得到聲音。我想對他說:『其實我喜歡的是他。』」

青春就是雖然尷尬、靦腆,卻帶著一顆認真、熱切和真誠的心。

放學時,周樂在校門等待又藍。

「你不是避開我嗎?」又藍沒好氣地問。

「妳都向全校表白了,我還能逃嗎?妳可以再唱一次那首歌給我聽嗎?」

「你是不是想太多啦,我沒有說是你。」

「不是我還有誰?」

「你不是故作偉大要讓我給他人嗎?」

「誰知道,妳說妳喜歡書生型帥哥啊,我只是想撮合你們。」
「你當我是什麼?我騙你,笨蛋,我喜歡吵吵鬧鬧型。」
「真的嗎?」
「騙你的。」
「我開始有點懷念妳不說話的日子了。」
「我不說話,就由你說話,就像以前可以嗎?」
「妳不是喜歡帥哥嗎?」
「我不喜歡帥哥,」她定睛說:「所以我才喜歡你。」
他吻上去她的臉頰,陽光下的兩個身軀互纏在一起。

「就是愛你愛著你,不棄不離,
不在意一路有多少風雨。」

secret love
four last love
letters to you

我和老師

那些不可告人的秘密

張天凡討厭上學，可算恨之入骨，其中絕大部分原因是來自老師。
　　他身處的學校，以追求學業成績為唯一，而他遇上的老師都很嚴厲，說話也尖酸刻薄。

　　#1

　　「你到底有沒有帶腦袋來上課？這麼簡單的數學你都不懂？你是弱智嗎？」數學的王老師說。
　　「中文都讀不好，叫什麼天凡，不如改名平凡。你注定上不了大學，還好，社會總需要有人做倉管。」中文的張老師說。
　　他的成績不好，讀書排名一向是班上的倒數，誰教他也是一樣。
　　特別臨近大考，相對能在考試拿頂尖成績、為老師們刷亮麗「業績」的學生，張天凡這種成績的人反是一種拖累，所以老師們都討厭他。
　　「張天凡站起來。如果我是你，就不用來上課了，反正讀不讀你的分數也一樣，大家看好他，如果讀書不好，將來的下

場也就如他一樣，你們希望這樣嗎？」教化學的陳老師在放學前，當著所有同學的面羞辱他。

他承受全班同學的目光，都是尖銳和刺痛。

「給我留校，做好所有功課。」

他討厭上學，討厭在這裡的一分一秒，每一刻都置身在地獄。沒有一個老師對他好，大家都恨惡他這個「不應該的存在」。

他是否不應該存在呢？不拖累大家比較好。

咯咯……

幾下敲檯聲將他的思緒拉回現實，一股清新的花香味傳來，他抬頭，只見一個打扮清新動人的女老師。

「你怎麼啦？留校時該好好做功課啊？」她的聲音溫柔，至少在這間學校沒有老師對他溫柔過。

她正彎下腰，側面疑惑地望著他，看得他意亂面紅。

「你不舒服嗎？要我帶你去保健室？」

「不，不用……我很壯……」

她噗哧一笑，說：「你說話很奇怪……那好好補做功課。」

她回到教師桌上改作業，張天凡努力地回想，她好像姓廖，今年才入職的新老師，由於樣貌可愛清純，深受不少同學喜歡。她樣子年輕，說她是大學生也有人相信，應該是剛剛畢業就來教書。

想不到她是留校班的看守老師。

她忽然抬頭，視線跟他對上。他感覺一下灼熱，方發現自己一直盯住人。她瞇起眼睛，似是發現什麼，離開座位一步一步前來。

他立刻低頭假裝做功課。

「你有事找我嗎？」她問。

「不，我……我……」他口吃一段時間後，道：「我……這題不懂。」

她低頭望了一下說：「嗯──」沉默幾秒後，她咬咬唇笑說：「咦，糟了，我也不太記得高中的數學。」

她的反應讓張天凡感到好可愛，她面紅耳赤地說：「嗯……我教英文的，數學是我弱項……但讓我努力想一下。」

「其實……」

「我真的會記得！等我！」

「沒關係，我可以回家再……」

她彎腰認真地在他的紙上左算右計，完全投入狀態。「是這樣嗎？又好像不是，該是這樣，還是這樣？再把這個代入！」

「其實我可以……」

「不要吵我，不要吵我。」

「這個是不是 Ａ？」他決定也加入戰局，一同解開這難題。

「算出來了！！」她高興地說，笑容甜美燦爛。

經過一番合作，二人終於算出來，猶如完成什麼難關一樣，開心相視而笑。

　　他頭一次覺得做功課真是有趣。

「謝謝廖老師。」

「不用，你為什麼要留校？」

「我笨啊，不會做。」

「你不笨啊。」

「不，所有老師都說我笨。」

「教不好學生，是我們老師的責任。」她說。

「老師你幾歲？」

「年齡是女人的秘密，怎能告訴你呢？」她笑說。

「那我用一個秘密跟妳交換，可以嗎？」

「如果明天你能交好功課，我再跟你交換這個秘密。」

#2

「張天凡，又欠交功課，給我去留校班！」張老師怒吼。

「知道！Yes！好 Yeah！」

「你發瘋了？留校還這麼開心？」張老師不明所以，他只

覺得這學生今天變得奇怪,無緣無故充滿活力,明明他從來都不喜歡上學。

張天凡對上學這件事,開始沒那麼反感。

無論是早上操場集會、午膳放飯,還是下午在走廊漫步,只要見到廖老師的身影,他的內心就會湧上一份莫名其妙的喜悅,如嚐到蜜糖般甜蜜。

他覺得這個老師特別,其他也沒想太多。

一整天的上學時間,最喜悅竟然是留校時間,真是何其諷刺。

「我又留校了。」他敲敲教室門說,她正在改作業。

進入教室,看見她的背影已經心跳加速,他只希望自己的臉不要顯得太紅。

「哎,張天凡,你不是已經做好功課了嗎?」廖老師問。

「呃,妳昨天只教了我一題啊,其他的我回去都不懂。」

「所以現在怪我嘍?」

「不敢不敢。」

「你怎麼耳朵都紅了?」

「呃?」

「一定是又留校,覺得太羞愧吧,去坐吧。」

才不是,他不會因為留校覺得羞恥。

今天的留校班不只他一個學生,隔壁班老師罰了不少考試

不合格的學生留校,結果她要忙著照顧其他學生。

「廖老師!這題我不懂。」隔壁班的周樂舉手問。

「等等。」

她還是溫柔地為每一個學生解釋功課。

張天凡內心有種酸溜溜的感覺。

「廖老師,我有問題問啊。」張天凡也舉手問。

她徐徐步來,坐到他的前座,轉身右手托住頭問:「怎樣,有什麼想問呢?」

「老師妳幾歲?妳還沒回答我嘛。」他猜一定是22歲左右,因為她樣子跟高中學生沒什麼兩樣。

「昨天不是說你交好功課,才有條件問我嗎?你今天欠交了。」

「那我換另一題吧,妳有男朋友嗎?」

「呵,關你什麼事?」她拿起課本輕拍他的頭一下。

「啊。」他假裝疼痛。

這一下其實他毫不覺得痛,反覺得無比甜蜜。

「八卦一下嘛,覺得妳男朋友應該挺幸福。」

「你這個人真會說話啊。」她失笑,臉頰現起兩個小酒窩,煞是可愛。

「那不回答我這些,問妳喜歡什麼總可以吧?」

「嗯……逛書店吧。」

「學校附近那一間嗎?」

「附近不會,太多同學了。我喜歡公園背後那一間。」她想起什麼,睥睨他道:「你不是功課不懂才找我過來嗎?」

「我怕妳又像上次一樣,被我問倒嘛。」

「你這小子,好心沒好報。我數學很好啊,只是一時忘了而已。」

「老師妳為什麼只坐在我面前聊天,是不是覺得我很乖所以喜歡跟我說話?」

「你想太多了,我覺得你很奇怪啦。」

「老師!救命!英文不懂!」另一邊的陳賢同學又舉手求救。

「你乖乖地做功課吧。」她起身準備前去。

「謝謝妳的回答,廖敏兒小姐。」

她轉身,以不可思議的眼神瞪住他。

「怎麼了。」

「你要叫我老師啊。」

「是老師,廖敏兒。」

「呵!你啊。」她洩氣道。

「妳都能叫我全名,我也可以叫妳全名吧。」

「不理你了。」

「好的,敏兒。」

她又瞪了他一眼，卻沒有反對。

廖敏兒。

他又在內心偷偷喊了一下。

#3

張天凡在教員室走廊罰站了半天，經過的老師都不禁嘆一口氣，心想這傢伙鐵定是沒救。

上次的考試他名列全年級最後一名，連校長都開口求他另謀合適的學校。

說穿了，就是不想他之後的公開試成績敗壞校譽，畢竟這學校也是地區名校。

「張天凡，我看你不考還好，免得氣死你家人啦，反正都沒分。」王老師嘲弄說。

受盡一整天屈辱，放學後，悶悶不樂的他選擇逛書店，遇見另一個鬱鬱不歡的她。

「你怎麼會在這裡？」廖敏兒問。

「來找書，看退學後能做什麼工作。」

「你還有心情說笑，真奇怪。」

他瞄到她手上捧著一本卡繆的書。

「反正大不了退學。」他說。

「你其實不笨啊,為什麼會這樣呢?」

「可能我真的笨呢?反正這次考試考不好,我就要離校。」他幽幽地道。

她看見他這個可憐的樣子,實在不忍。

「有時間嗎?」

「不是要補習嘛?」

「說對了。」

他們到了附近的咖啡室,他攤開功課,她一步步教他,過程中,她發現他是那種一點就明、舉一反三的學生,絕對不笨,甚至可能是資優,只是語文科要再努力一點。

但一個資質不差的學生考最後一名?到底是什麼事。她心想。

「你怎麼老是盯著我,看課本啊。」她指著英文書內容說。

「我發現一件事。」

「什麼?」

「老師妳的眼睛好漂亮,像星星一樣會閃閃亮,有沒有人告訴過妳?」

「你都是用這招哄你的女朋友嗎?」

「沒有啊,我就只稱讚過一個女生。」

「白痴喔你。」

「那個,妳今天為什麼不開心了?」

她內心一怔,沒想過他會知道。

「你又知道?」

「我感受到嘛,覺得妳哭過。」

「你還這麼年輕就能敏感到別人的情緒啦?」

「不是每個都敏感。」他澄清說:「不要小看我,我可是能讀到別人的思緒。」

「那我在想什麼?」

他們互相對望,他說:「我感受到妳覺得我很帥。」

她失笑:「耍什麼白痴。」

「然後內心有一種說不出的鬱悶,不知對什麼人說,大概是苦惱要做什麼決定。」他又說:「但什麼決定都有這個人支持你。」

她眼睛張大,呆在原地。

「怎麼了,我說錯了嗎?」他靠前一點,想看仔細。

她笑著避開,他又再傾前一點追著她,二個人就玩起「臉部捉迷藏」,你追我逐,一時她追他,一時他追她。

一剎間,他們的距離靠得極近,氣氛變得曖昧。

呼……

呼……

她失神地凝望他，醒過來後輕輕推開他。
　　「不要再這麼近啦，嚇死我。」
　　「我有說錯嗎？」
　　「不是，你近看是挺帥，不過不關我事啊。」
　　忽然電話響起，她接聽過後，張天凡猜是男朋友的電話。不過她接聽後的樣子，沒有一絲喜悅。
　　收線後，她瞥了一眼手錶，見今天的課本教得零零碎碎，就說：「不早了，快回家啦。」
　　「那明天還能補習嗎？」

#4

　　張天凡從未試過上課時如此專心。
　　古老師因為放產假的關係，由廖敏兒暫時擔任張天凡那一班的英文老師。
　　他不喜歡英文，討厭那又長又變化多端的句型，但從她的口中說出來，一字一句都聽得無比專心。
　　她有時環視全班的同學，就他永遠一副認真誠懇的樣子，讓她不禁心中發笑。

時而在課堂中的對望、凝視，空氣似乎變得不再一樣。

她經過他身邊，擺出一副正經的表情：「專心點，張同學。」

「知道！廖老師。」他挺起腰骨說。

二人都暗暗偷笑。

中午時，他在教員室門外跟她聊天說：「妳教得很好啊。」

「呵，拍我馬屁也不會讓你高分啊。」

「我說真的，從未見過老師像妳這麼用心，其他人都是照書直讀，好沉悶。」

「這個就是你不想讀書的原因？」

「反正有妳幫我補習嘛。」

經常針對張天凡的王老師經過教員室，看見他們便說：「張天凡，來教員室一定又是被人罰了，對嗎？」

張天凡轉頭不答話。

「不是，王老師，他來找我問英文的功課。」廖敏兒說。

「問功課？他哪會？」王老師猥瑣笑說：「廖老師，對這樣學生不用太用心，他見妳年輕又菜才會這樣，要小心這學生。」

她只假笑回應，心想該小心的是你這樣的人。

放學時，本來相約在上一間咖啡廳的補習，張天凡臨出校門時收到她的訊息，說今天有事要取消。

夜霧、天雨，雨嘩啦嘩啦而下，灑得一地鬱悶的濕滑。

書店的門口，她獨自一人蹲坐在階梯之間，頭髮跟裙子都半濕透，呆望雨點轉換成水花的聚散。

直至看見他撐著雨傘出現。

「妳怎麼了？」

「你怎會知道我在這裡？」

「試著來找一下妳。」他說。

如果三小時也算得上是「一下」。

「我不是說今天有事不補習嗎？」

「妳有事，我更加要來嘛。」

她抿嘴一笑，語氣溫柔地說：「你是笨蛋嗎？」

「不笨怎輪到妳教我？」

他收起雨傘，默默坐在她身邊。

四周寧靜。

只有殘舊的燈泡，斷斷續續地閃爍，還有大雨降下滴滴答答的清脆聲音。

是，還有她。

讓一切都變得浪漫。

「老師妳不回家嗎？」

「今天不想回家啊。」

「那⋯⋯要來我家嗎？」

她瞇起眼睛盯住他，用力彈一下他的額頭說：「笨蛋你在想什麼？」

他面紅耳赤，急忙解釋說：「不是啦，我家經常沒有人……」

她的眼睛瞇得更小，變成一條線，眼神更是質疑。

「不不不是……就是妳不用尷尬，因為只有我們兩個人……」

啪。她又彈一下他的額頭。

他摸摸額頭，口吃說：「我我我……算了……我不解釋。」

「色狼。」

「才不是妳想的那樣！」

「那又是怎樣？」

「我怕妳沒地方待而已。」

「我會去租旅館啦，放心。」她拍拍他的肩膀說：「謝謝你。」

他陪伴她呆坐一小時，沒有問什麼問題，期間她的手機不斷響，他直覺是她的男友。

「晚了，你該回去了。」她起身，他撐傘。

「我先送妳。一個女生不安全。」

送她回旅館的那一段路，沒有言語，只有風聲及雨聲，但他想留住這一刻。

secret love
four last love
letters to you

到旅館門口前,她說:「張天凡,說個笑話來聽聽?」
他沉思半晌。
「從前,有一個學生喜歡上老師,所以他跟她表白,你猜她會如何反應?」
她的腳步遲緩了,半身在雨傘中,半身淋著大雨。
「我想,她會說:『可是我是老師,你是學生啊。』」
「是啊⋯⋯」
雨還是沒停,風吹得兩個人的心緒都凌亂不堪。
他還是笑著說:「所以這是笑話。」

#5

綿綿春雨如煙霧,可望而不可即,令人摸不清實況。
雨季是可喜的,也是可恨的,視乎你處於室外還是室內。
到酒店時,雨勢忽大,猛烈得如兇猛野獸,如崩堤一般傾盤而下,眼前一切都成白霧。張天凡無法動身離開。他難為地望向廖敏兒。
「你上來暫避一下吧。」她嘆氣。
老師跟學生;一男跟一女,共處一室,如果被任何一個人

知道,都將會是萬劫不復的結局。

　　張天凡從未跟女生上過酒店房,現在還是跟一個老師。雖然他心知沒可能會發生什麼事,但腦海還是不期然浮起奇怪的念頭。

　　他心裡一直喝罵自己不要亂想,像一個精神分裂症病人。

　　「笨蛋,別亂想!」他不經意罵出口,結果遭廖敏兒聽到。

　　「別胡想什麼?」

　　「沒……」

　　她狠盯住他。

　　他進到房間後,小心翼翼地站在門邊角落。

　　「我……我等雨小一點就走。」

　　「當然,不然你在想什麼。坐吧。」

　　相比起他,她的衣服都半濕透,為免感冒,他要她先去洗澡。

　　聽到扭開水龍頭聲、靜止、滴滴答答的沖水聲、靜止……他都叫自己不要去留意。

　　這才發現廁所是玻璃幕門。

　　他只好轉身,打開電話,默默聽著音樂,一直口中唸唸有詞。

　　忽然左邊的耳機跌落,他一看,原來不是掉出,是洗完澡的廖敏兒拿起的。

濃郁的清香肥皂味。

「你在聽什麼?」她好奇一聽,之後一陣爆笑。

「什麼?大悲咒?」

「妳管我!」他臉紅,一手取回耳機。

她到窗邊,察看一下雨勢有否漸弱,只是非但沒有減弱,還有越來越大之勢。

「我怕你再不走,腦會爆血管。看你的臉紅得⋯⋯」

「妳怎麼穿浴袍出來?」他這時才發現。

「我沒帶衣服啦。」她拉緊浴袍的帶子,說:「這很厚的好不好,你什麼都看不到。」

「我又沒說要看。」

一個坐在床邊,一個坐在椅子,保持安全距離。

她再到窗邊,見雨勢還是未停,就說:「算了,我幫你叫車回去。」

「蛤?」

「雨不會停啊,你總不能一直不回家吧。」

「那好吧。」他說。

待叫到車後,準備送他出門時,她卻看出他一臉愁緒。

「怎麼了?」

「我⋯⋯不想回去。」

「為什麼啦?」

「那妳又為什麼不回家？」

「我？⋯⋯我有原因啦。」

「今晚⋯⋯媽媽⋯⋯她的男朋友會來過夜。」他望著地上，吞吞吐吐地道。

她嘆了一口氣。

「司機抱歉⋯⋯」她電話取消訂單後，說：「給我洗澡冷靜一下，才留下吧。」

他洗了一個冷水澡。

洗完澡後，他見她彎身坐在窗邊，頭髮仍是濕的，卻正努力改著習作簿，便問：「妳不吹頭嗎？」

「你先吹。我習慣之後才吹。」

「不吹頭會頭痛啦。」他說。

他提著吹風機，走到她身後。打開，吹向她的頭髮。起初只是單純的吹著，慢慢地他的手開始輕輕抓向她的頭髮，細心地為她一小撮一小撮地吹乾。

呼。

呼。

是心急速跳動的聲音。

在他看來，她沒有動過，只是專心地改作業；在她的角度，她臉紅得如熟成的蘋果。

「妳的頭髮好柔順。」

「白痴。」她鬧了一句:「你的手勢也好溫柔馴熟,是給很多女生吹過頭嗎?」
「沒有啊,就妳一個。」他說。
「行、行了,咳,謝謝。」她說:「你先睡吧。」
「可是⋯⋯我今晚睡哪裡?」他望著單人床問。

#6

他們同蓋一條被子、同睡一張單人床,只是張天凡睡在床頭,廖敏兒睡在床尾。
顯得有點擁擠,他們的身體輕微觸碰,感受對方的體溫。
夜深,他卻沒有絲毫的睡意,完全動也不敢動。
「欸,妳睡了嗎?」這是關燈後的第一句話。
「嗯哼。」
「妳不回家是因為男朋友?」
「你一個男生,有必要直覺那麼準嗎?」
「所以妳一個人在書店哭?」
「你長大就會明白,生活有許多事都無能為力,不論是感情,還是工作上。」

「老師不會好一點？」

「老實說，學校的辦公室政治才厲害。」她吐出深深的無奈。

他不能完全明白她的痛，只能說：「辛苦妳了。」

「那你呢，為什麼不回家？」

「我說了啦。」

「我想知道真實原因，你當我真的不知嗎？前言不對後語，一下家中沒有人，一下又有人要來。」

「妳知道了？那為什麼留下我呢？」

「可能我也想你留下吧。」她說。

他心跳加速之際，她立即補充一句：「我的意思是⋯⋯不想回家的人總有原因，需要一個避難所。」

「那我很喜歡這個避難所。」

她笑了一下：「可以不那麼喜歡嗎？」

「不可以啊，妳不能阻止別人對妳的感覺，正如不能阻止別人討厭妳，或是我喜⋯⋯」

他說不下去，發現氣氛有點尷尬，就換一個話題。

「我是單親家庭長大的。」

「嗯。」

他認真道：「但我沒有騙妳，我的家是經常沒人⋯⋯同時也會突然通知我會回來，我也是不久前才知道。我的家就是這

樣,家人來去如風,可以去旅行而失蹤幾個月。我覺得自己其實不是那麼重要。」

「才不,你很重要。有一天你會找到一個覺得你重要的人。」

那一晚,他們互相傾訴心事,暫時放下老師跟學生的身分。超越年齡的界限,在溫暖被窩敞開心扉,緩緩訴說自己心中久藏的秘密。

差不多的出身背景,令他們有共同的語言,能夠明白對方的感受和傷痛。

原來,寂寞不在乎你擁有多少個朋友,而是有沒有一個人跟你分享感受和價值觀。

張天凡想,這是他人生第一次,毫不寂寞的一晚。

他本來腦海有無數幻想,但慢慢在對談中已完全忘記,心靈的契合那一種層次比肉體來得可貴。

清晨。

他醒來後,發現自己不知何時拖著她的手,好軟柔和溫暖。

他貪戀一晌的歡樂。

「張天凡。你裝睡夠了嗎?」

「嗯?」他擦一擦眼睛說:「早啊。」

「還不縮手。」

「噢對不起,我不知道。」

「又在裝,最好不知道。」

下一個上學天,他們相約一起在小吃部吃早餐。

她喝了一口維他奶,放下說:「你要努力讀書啊,考好這次考試。」

「我想喝。」

「自己去買。有聽到我說的話嗎?」

他順手取來就喝,然後放下。

「為什麼,我實在讀不來啊。」

「明明有能力卻又不讀,這是浪費。」她又拿起維他奶,喝了一口放下。

「反正我讀不讀也沒有人在意。」他又取來喝。

「我在乎。」

「為什麼妳這麼在乎?」

「廖老師。」

王老師向他們走來,來勢洶洶,感覺有不好的事要發生。

王老師狠盯了張天凡一眼,就轉頭對廖敏兒說:「廖老師,妳跟我來一下,有人看到一些事。」

他表情嚴肅,沒有一點笑容。

「喔……好……」

她臨別時,轉頭瞄了他一眼,而他的眼神充滿擔憂。

被發現了嗎?

#7

「廖老師,有人見到妳跟學生走太近。」王老師跟廖敏兒在教員室門外。

「是?」

「說你們玩成一堆,午餐時甚至會一起拍照。」

廖敏兒暗暗鬆了一口氣。

「的確是有這樣的事。」

「廖老師,不怕說實話,我明白妳剛畢業做老師,想法有時未免天真,但跟學生當朋友這種方法是不可能,當老師可是要有權威。」王老師一副「我可是為妳好」的態度。

她沉默不語。

他訓斥一番廖敏兒的教學方法。她會主動跟學生親近,亦師亦友,人氣之高,早惹不少老師不滿,他們都崇尚「自然教學」,廖敏兒格格不入,所以她到職至今承受不少壓力。

正打算離開時,王老師又喝住她。

「還有⋯⋯」王老師說:「不要跟那個姓張的太近。有些學生是沒救了。」

她轉頭就走。

中午,圖書館內。

廖敏兒一拿書,空隙的另一端就是張天凡的臉。

「你在幹什麼？」

「找東西嘛。」

「找什麼？」

「聽人說，打開書便有顏如玉，剛才一看，果然是真的。」

她笑說：「你是白痴嗎？」

「那個人有沒有說什麼？」

「沒有，我們又沒有什麼。」她凝望他說：「但我今天是說真的，你要努力讀書。」

「努力完有什麼獎勵？」

「成績是你的，還想要什麼獎勵？」

「老師當然要有獎勵，學生才會有動力嘛。」

「你有當過我是老師？」

「當然！那我當妳答應！如果考得好有獎勵！」他續說：「妳會幫我嗎？」

「那我豈不是虧死？」

他不理會她，直接下定論：「我們約定！考得好，妳要答應我一個要求。」

他們還是會課後補習，廖敏兒覺得，張天凡資質不差，只是要花點心思去教，他就會成材。

還是如常補習的一天，放學時天色已黑，街燈將路人的影子拉得筆長。

張天凡身材高挑，比廖敏兒還高一個頭。他故意走近一點，將兩個影子靠在一起。

　　「你在幹什麼？」她問。

　　「沒。」他偷笑，不想讓她知道自己的小心思。

　　忽然，街上有另一個影子踽踽獨行，出現他們面前。

　　「敏兒。妳放學了？」那男人一上前，就親暱地搭著她的肩頭，橫亙於她跟張天凡之間。

　　他睥睨一下張天凡，問：「妳學生？」

　　「你來幹什麼？」

　　「他是？」張天凡也問。

　　「你先走吧。」廖敏兒回答說。

　　「妳離家多日，我想念妳嘛。」那男人當張天凡不存在似的。

　　「這麼多日，也該原諒我，那只是一時衝動⋯⋯」

　　「你搞了的是我最好朋友！」

　　他尷尬地回望張天凡，再對廖敏兒說：「我們上車再說。」

　　他欲拉她上車，她回拒，拉拉扯扯之間，他的右手倏地遭人緊握，是張天凡用力抓住他。

　　「老師說不要！你聾了聽不到嗎，人渣？」張天凡緊靠他，由於身材比他高的關係，有無比的壓逼感。

　　「關你什麼事？放手！不然我報警！」

「你令人日夜傷心,還有面子出現?」張天凡越抓越緊,那男人痛得哇哇大叫,只能求他放手。

「放⋯⋯放⋯⋯放手。」

「你不走我告你騷擾。」

他像洩氣的氣球,碰了一鼻子灰就沮喪而去。

張天凡回頭望廖敏兒,她眼眶滿紅。

他上前,她低頭,他輕摸她後腦,想讓她靠在自己的肩上。

「沒關係的,這個借給妳,我不會告訴人。」

她的頭還是停在半空,似是仍有猶疑。

月色亮麗,如同她的眼眸。

「沒關係,已經放學了。」他說。

終於,他的肩膀感受到一點重量,還有微微的濕潤。

他不敢抱她,她不敢前進。

兩道影子似纏非纏,似離非離,中間有一道空氣的隱形隔膜,永遠不能越過。

#8

黑夜孤立了眼前一切,包括他們。

他們沿路漫步,越過公園、地鐵站,腳步很輕,四周寂靜。
廖敏兒揉手說:「每次狼狽的樣子都給你看見。」
「我也是啊,一人一次打和⋯⋯」張天凡說:「加上很正常啊,老師也是人,也有生活煩惱。」
燈光模糊了人臉,一切影影綽綽。
「他⋯⋯真是一個人渣。」他輕淡說,語氣彷如提起一件無關痛癢之物。
「嗯。」她輕哼。最簡潔的評價。
「妳搬離他的家了嗎?」
「我一個人搬了出來。」
他禁不住露出一點喜悅的神情。
「欸,你在高興什麼啦?」
「沒有。開心妳能脫難。」
「才不是。」
漫步再漫步。他們走了很長的路,腳步在不知不覺間統一。
「我說真的,欣賞妳能像薛西弗斯有反抗精神。」
「喔?你怎麼會?」
「我有留意妳看卡繆的書啊,然後跟著看一遍。」
「為什麼⋯⋯你看得懂嗎?」
「不懂都會裝懂。」他伸一伸舌頭說。
「那幹嘛看,浪費時間。」

「想知道妳喜歡什麼、在思考什麼;想跟妳看同一樣的東西、做同一樣的事情、感受同一樣的感受。」

她停了腳步,轉頭凝望他。

「能靠近妳,我覺得已經是一種幸福。」

她眼眶再次通紅,跟剛才的傷心不一樣。

「例如妳喜歡的作家說:『只有在散步的時候我們真正的談話。』我們現在算真正的談話嗎?」

「算吧。」

黑夜不再能孤立他們。

因緊緊的擁抱,再也找不到空隙。

之後的日常,上課時,二人互相對望。

「張天凡,坐好一點上課。」

「是!」

下課時,他殷勤獻禮。

「老師,書本多,我幫妳拿!」

放學後,二人的獨自補習時間。

「這題學會了嗎?」她敲敲桌面的書本說:「喂,看著書本啊,怎麼不專心。」

「妳比書好看嘛。」

「白痴。」她嬌嗔:「快點給我讀書!」

「妳在,我好難專心。」

「那我走了。」

「不不不,對不起。」他拖著她的手道歉。

隔了數秒,她首先鬆開手,再握著筆,指住題目說:「認真點讀書。」

兩個人跟情侶始終有一段距離。

前進,後退。後退,前進。來來回回。

這樣不真實的日常,卻令張天凡感到無比的幸福。

他以為會這樣一直到永遠。

就在踏入考試前的季節。那天早上,他回到學校,剛入校門就感受到無數怪異的注視,偶然回望,都會發現不少工友、同學、老師投來奇異的目光。

「是他嗎?」

「就是這個人。」

「真想不到呢!」

「真不要臉。」

「竊竊私語」傳到他的耳畔,他的心開始忐忑不安。失神得連王老師站在他面前也不知道。

「對不起,讓一下,我要回教室。」

「不用上課了。你跟我來。」

「為什麼不用上課?」

「跟我來。」他沒有情緒,只冷淡地說。

他跟王老師來到教員室旁邊的一間會議室,他知道這裡多是招呼「品德最差劣的學生」,下場大半都會趕出校。
　　一打開門,見到一張長半橢圓的桌子,廖敏兒也坐在裡面,主席位置還有校長和副校長,全部人都一臉嚴肅。
　　「坐下吧,我們要好好聊一下⋯⋯『你們的事』。」

#9

　　「有人看見你們親密地擁在一起,是不是?」副校長說,聲音像一隻老牛低沉。
　　二人皆沉默,彷如默認。
　　「真是恥辱,我校創校多年,從未見過這等傷風敗俗的事。」王老師搖搖頭說。
　　「有什麼道德敗壞?」張天凡問。
　　「老師為人師表,該有其師德,不能勾引心智未成熟的學生,也絕對不能在一起。說出來都覺得噁心。」
　　「她沒有勾引我。我是真心喜歡她。」
　　「你還未成年,根本分不清那是崇拜還是愛!」
　　「我就差一年成年,真有那麼大差別?未成年就不懂愛,

你最心智成熟就你最懂愛?明明追不到廖老師,現在因愛成恨。」

「張天凡!」廖敏兒阻止他。

「給我閉嘴!」王老師滿臉漲紅。

「老師跟學生戀愛是絕對不能允許。」副校長按下激動的王老師,然後說。

「就單純因為身分阻止嗎?」

「對。不管多大的愛,身分還是身分。老師跟學生之間有不對等的權力關係,利用這種不平等發展戀情是不應該,而且你也可能只是情竇初開時期的錯覺。」

對於什麼情竇初開時期,張天凡半點都聽不懂。

他只覺得大人們都一副裝懂的樣子。

「副校長,我們沒有發生什麼事。」廖敏兒說。

「還不算沒有做什麼事嗎?」王老師打開手機展示,有人將他們抱住的相片放上討論區,已經引起一片譁然及聲討。

正是遇見她前男友的那天。

留言離不開:「淫邪老師」、「為什麼我遇不上」、「世風日下」。

「看到了嗎?看到你們的自私行為有多影響學校了嗎?」

「對不起。」廖敏兒低頭說:「這件事上的確是錯了。」

「是我單方面喜歡老師。是我強抱她,她是不願意,曾試

過推開我但我不願意。」張天凡說。

「？」

即使廖敏兒用詫異的目光望著他,他還是堅定地說。

「是我一直騷擾她。」

他知道,這應該是唯一能拯救老師的方法。

「不。」

「是,老師妳不用替我解釋了。」

「果然,我就知道是你強逼廖老師。」王老師像找到一個合理理由說。

一直沉默的校長突然開口,盯住廖敏兒說:「就用這個理由,起碼能對事件傷害減至最低。承認學生單戀廖老師,不但能保住妳的教職,對學校聲譽也影響最少。過多幾日,網上的言論淡去後,就用『學生一時情不自禁,做出失控行為』去回應。」

可能校長也想放廖敏兒一條活路。

「不過,這事必有懲罰。張天凡,你以後不准再接近廖老師,停課兩星期及記一個大過。廖老師也調任其他班的老師,以後不接觸來往。張天凡先出去⋯⋯」

張天凡鬆一口氣。

這件事如果到這裡,也算最好的結果?

離開前,他們互相對望一眼,眼神充滿千言萬語。

踏出教員室,張天凡就見到他的母親。

她冷漠地盯住他,目光冰冷得像看一件死物。

「對不起,我的兒子麻煩你們了。」她向眾老師一一道歉。

張天凡的母親具有貴氣和儀態,外人都喜歡她。只有他一個知道,他母親是怎樣的人。

離開校園時,還有不少奇異的目光和流言蜚語。

「這個人真噁心。」

「跟老師搞上了,要不要臉。」

踏出校門的一刻,他母親便沒收他的手機。

「你不能再跟那個老師聯絡。」

「為什麼?」

「為什麼?我們家的臉都給你丟光了。」

「那妳就沒有嗎?」

響亮的一巴掌。

他被困在家裡兩星期,感覺就如坐牢般難受。禁足期間,連出房門,他的母親都會緊張萬分。

「平常都不見妳,妳不用陪妳的男友嗎?」他冷冷道。

「你搞出這樣的大事,我能離開嗎?」

兩星期終於過去,他迫不及待回學校。

他並非想回校上課,而是有人想見。

圖書館不見、教員室不見、其他課室不見、食堂不見⋯⋯

她不見了。

　　他問其他同學，只有陳賢回答他：「廖老師兩個星期前離職了。」

　　「離職了？為什麼？」

　　一般老師也難以在學期中途離職吧？

　　「不知道耶⋯⋯這個我不清楚。」陳賢好奇地問：「她沒跟你說什麼嗎？」

　　「沒⋯⋯我手機都沒了。」

　　「我相信如果她想，應該會留言給你。」

　　一下子，張天凡陷入恐慌。

　　明明已經保住她的教職？她在幹什麼？為什麼要走？

　　他不懂。

　　完全沒有心思做任何事。

　　這段時間，他的母親每天都會駕車接送他上下課，免生意外。

　　無精打采的他，精神不振，猶如活死人的行走。

　　沒食慾、沒生氣、沒想法。看他的樣子彷如隨時斷氣，身邊所有人都深深害怕他，包括王老師。

　　對於其他人異樣的目光，他也不在意了。

　　「你別再這樣嚇我好嗎？」母親哀求說。

　　「嗯。」

就在某天下課時,他腦海忽然想起陳賢說過的話,一個念頭浮起,就對駕車中的母親說:「我想去書店。」

「嗯?」

「我只是想買書,應付考試,沒什麼,很快。」

他沉默多時,現今竟然說話,因此母親便答應了,載他到公園背後的那間書店。

那間他們經常見面的店鋪。

他獨自進店,找了一番,終於找到卡繆的書。

全都翻了一次,什麼發現都沒有。

他又去找她看過的書。

還是沒有。

來到她喜歡的那位作家,翻到那本她最喜歡的書。

仍然什麼都沒有。

他喪氣之際,卻望到那本書的書櫃深處有一張紙條,位置隱蔽,不拿起這本書和細心看,是找不到的。

雖然沒有署名,但一看就知道是她的字跡。

「照我的方法好好讀書,努力應付考試。」

他撕下紙條。眼淚潸潸而下,沾濕那紙。

「相信有一天,我們會再次見面。」

#10

張天凡跟他母親的關係漸漸變好。

「你今晚想吃什麼?」

好久沒聽到母親問他晚餐想吃什麼,通常她都是餐桌放下金錢,便跟她的男朋友們約會。

因一個過錯,讓他們前所未有多了時間相處。

「牛排。」

「你喜歡牛排嗎?」

「只是妳不知道。」

「那我以後都多煮一點。」

世上有些事就是塞翁失馬,焉知非福。

「只要你不見那個老師,努力讀書,我再多都煮。」母親說。

「我都沒有方法見她。」他落寞地道。

他完全失去她的消息,包括電話、社交媒體都刪了,不知是校方的壓力,還是有心逃避他。

縱然親情有所改善。只不過,心中有些位置不是其他人能填補。

他時不時都會想起廖敏兒。

思念,是一種時空錯亂感,在失去她的時空牽腸掛肚。

留校班、補習堂、書店、雨夜街上、酒店⋯⋯

她的笑容、身影、髮香⋯⋯

偶然讀書時，偶然洗澡時，偶然吃飯時，一不小心靜下來就會想念她。

悵然若失的鬱悶，胸口隨之抽搐的痛。

思念是一種撕心裂肺的痛。

可能就只是一場夢。

有些人只能陪你走一程，大家都不過是彼此生命的過客。

沒有她的日子，他開始跟學校的同學相處，例如周樂、陳賢不介意網上及身邊的流言蜚語，他們會相約一起溫習功課。

有時見張天凡失落，陳賢也會說：「不要緊，有緣分的話，始終都會再次相見。」

有緣終會相見。

張天凡將廖敏兒的那張紙貼在自己的桌椅上，勉勵自己用功。

可能覺得，達成目標之後他們就能再見。

放榜那天，他的分數不算頂尖，勉強能擠入大學。

眾人嘖嘖稱奇，一個成績爛到差點被趕出校的學生，怎會考上大學。

從前鄙視過他的老師，包括王老師都大吃一驚。他不介意，因為從來相信他的老師只有一個。

他決定就讀英文系。

曾經他有想過,考進大學的當天,她會不會重新出現。

可是沒有。她徹底退出他的人生舞台。

他記得那一晚,他們漫步回家的晚上。他腳步急快,她腳步緩慢。一前一後,她問:「你介不介意走慢一點?」

「可以啊。」

「真的可以?」

「當然,有什麼困難?」

「總覺得這時代的人都走得太快,如果你可以慢一點,等一下我就好。」

「我願意和妳在這時代緩慢地散步。」

「笨蛋,你明白這什麼意思嗎?」

「我不明白,但我會做。」

她笑了,開懷地笑了。

他放慢腳步,與她並肩。

現在,如果重新給他一個機會,他會回答,當然沒問題。

四年的大學生活就這樣過去,大學期間他有兼職補習老師。

出乎意外地,家長都一致好評,相對那些紅牌老師,他更能夠明白學生學習困難的地方在哪裡。

「也不是,我只是承襲我以前老師的教法。」

畢業後,他選擇當老師。

他想離遠城市，就報名一間離島的學校，沒有名氣且遠離煩囂的。

　　一面試就成功，大概因為沒有什麼人願意到離島教書。

　　除非是避世的那些人。

　　「張老師，跟你介紹一下，我們學校的英文老師。」

　　英文科系主任方老師帶他這個新任老師在學校四處遊逛，除了介紹校園，還有認識不同的老師。

　　「這是王少清老師。」

　　「這是陳老師。」

　　他每一個都恭恭敬敬地打招呼。

　　直至來到一位老師的座前。

　　「這位老師也年輕，跟你差不了幾年，又可愛又清純，是我們學校最受歡迎的老師。」

　　她轉身，他愣住。

　　眼神凝望著那熟悉的背影、熟悉的面孔，完全離不開。

　　「廖老師，這是新同事。」

　　……相信我們有緣終會相見。

　　「你好，張老師。」她莞爾一笑，那個他未忘記過的笑容。

　　「妳是廖敏兒？」

　　「對。」

　　「妳真是廖敏兒？」

「是的。」

「喔?你們認識嗎?那我不打擾你們了。」主任識趣地先行離開。

張天凡沒想過會在同一間學校重遇她。那一個日夜魂牽夢縈的她。

原來一直期待一直期待,到真實重遇那刻,會有種不真實的虛幻感。

他一度以為自己在作夢。起初是難以置信,好不容易接受後,發覺氣上心頭。

「廖老師好。我是新來的老師,敝姓張,多多指教。」張天凡匆匆打完招呼,便返回自己座位。

此後一段時間,他都沒有理會她,走廊經過時假裝看不見;見面時不打招呼;坐電梯獨處時不說話。

即使要說話,都用一種冷冰冰的語氣,彷彿大家不認識似的。

他避開她,這是全校都知道的事。

「原來也有男生不喜歡妳。」其他老師對廖敏兒說,廖敏兒只苦笑。

離島上學的壞處,就是每班船相隔甚久,坐船回城市不太方便。

夕陽西下,張天凡放學坐船時,想到船尾吹吹海風,卻剛

好遇上看海景的廖敏兒。

　　死定了，船上無處可逃，難不成跳海？他心想。

　　「Hi。」廖敏兒笑說，是她首先打招呼。

　　「Hi。」他尷尬回應。

　　兩個人佇立船尾，遠眺夕陽於海平線上漸漸沉沒。海風輕吹，夕陽灑落海面，遺落數十顆熠熠生輝的寶石，不時綻放出光芒，璀璨耀眼，令人心境舒暢。

　　「你在生氣嗎？」她問。

　　「嗯？怎會。」

　　「不是怎麼避開我呢？」

　　「誤會而已，沒有的。」

　　「你氣什麼啦？」海風吹亂她的秀髮，她用手一掃。

　　「妳當年為什麼要辭職離開？」

　　「嗯……不得不離開啊。」

　　「為什麼？明明校長都說不追究。」

　　「我從來沒認同他啊。」

　　那年張天凡離開教員室後，校長就一鎚定音說：

　　「好，就這樣決定，這次事件純屬學生對老師的單戀，大家要口徑一致。廖老師妳沒事也可離開，只是之後要小心學生……」

　　「不，我想大家誤會了。」廖敏兒忽然開口說。

眾人疑惑地望著她,奇怪她在說什麼。

原本有大好機會擺在眼前。

「我會認錯,因為我覺得師生戀對張天凡而言確是不公平。我會承認這是錯誤,但我不會否認我喜歡他。」

「妳說什麼?」

「我會認錯,但我不會否認自己喜歡一個人。」

「廖敏兒老師!」

「對不起,要我說謊,我做不到。」

自那事之後,她便離開那間學校。

張天凡說她是笨蛋,竟為了這一句放棄工作。

她回應,這是值得的。

「為什麼不告訴我?」

「喜歡一個人,為他做的每一件事不必都告訴他吧。」

「……」

「不見你,是因為我覺得副校長某種程度說出我心中的擔憂。我不會否定你的真心,但我也不知道你只是出乎崇拜師長的愛,混淆了,還是真的喜歡呢?我希望你冷靜下來,再想清楚一點。」

太多壞事一次湧上,她也情緒崩潰,得了情緒病,要放一放假休息。

她花了好一段時間才整理好自己,只是沒想到是以年計。

她好幾年都沒當老師，近年這一間學校願意請她，才重新上路。

「妳就不怕我會離開嗎？」張天凡問。

「怕啊。可是，我更怕錯誤地開始，才是不珍惜一段關係。」

她遠眺大海說：「有緣，你再拆散也阻隔不了；沒緣，你再努力一起也是分開。」

「妳是真的如此相信？」

「半信半疑啦，不過我們現在不是再見面嗎？」她笑問。

他沉默。

她咬咬唇，手指稍稍不安地互揉，問：「那你有女朋友了嗎？」

「妳有男朋友了嗎？」

「我先問你的。」

「問者先答，這是常識吧。」

「我又不是教常識。」

「我知道，妳只有英文的知識，連數學都不太行！」

她輕搥他的肩膀說：「不要損我！」

「我沒有。」他認真地說。

「明明就有！」

「不是，我是沒有女朋友啦。以前可能曾經差點有，但那個人一力承擔所有，還離開了我，真是『壞』到極點。無奈一

直都忘不了這個壞女生。」他直視她,灼熱得她移開視線。

「我回答了啦,那妳呢?」

「嗯……不告訴你。」她呵呵笑道。

「喂!」

「好啦!沒有,我的步速很慢,像龜一般緩慢,大家都嫌棄我,所以沒有。」

「我不介意在這個時代陪妳走得慢一點。」他說。

二人相視,默然無聲,只是聽不到各自的心跳都跳得飛快。

良久,他才開口:「那年考試,我成功了。」

「恭喜你。」她伸出手,想握手道賀。

他握著她的手,說:「我記得妳還欠我一個獎勵。」

「什麼?」

手繼續握著,她發覺他沒有絲毫放手的意思。

「就這個就可以了。」他轉為十指緊扣,說:「我永不放手。」

「欸,誰說你可以牽我手了?」

船嗚嗚地叫動,靠岸了。

「現在我也是老師,不但可以牽手,還可以光明正大吻妳。」

他偷偷吻上她的面頰。幾秒後,她臉紅耳赤,喊著叫著,要追住他來打。

夕陽照耀兩個互相追逐的身影，閃閃發光，就像一首青春的詩。

給你的最後四封情書

「那個——你可以當我的男朋友嗎？」

#1

　　他一臉茫然，眼前站著的她，是一位紮雙馬尾、精靈大眼的可愛女生。
　　他行經學校附近的行人天橋，忽然她橫截他面前，接著就說出以上對白。
　　「當然不可以。」他說。
　　「為什麼呢？」她問。
　　「我又不認識妳。」
　　「這也是——」
　　雖說他們是同校，稱得上同學，但說不上認識吧。
　　無端端跟一個完全不了解的陌生人談戀愛？絕不可能。
　　「抱歉，謝謝你告訴我。」她禮貌地笑，低頭轉身跑走。
　　真是奇怪的人呢……
　　他呆立原地不動，想了許多事情。
　　這個年代竟然還有人表白，還要女生跟男生，還要面對面，實在不可思議……大家都用 IG 的不是嗎？不是一兩個訊息就開

始一段關係嗎？

他沒把事情放在心裡。

誰知，過了一段時間，還聽到更震撼的事。

他的好朋友雞丁告訴他：「你知道嗎？隔壁班的張曉南往生了。」

「誰是張曉南？」

那天跟他告白的女生就是張曉南。

「不是吧。不會是因為我⋯⋯」

「少自以為是，人家不是自殺。」

「喔⋯⋯嚇死我，我以為自己害死人。」

他內心覺得不舒服，胃部翻滾，雖然被人告白，但他始終不認識她，所以只有微微的失落感。

只是，身邊的同學每個都愁眉苦臉，大概這個叫張曉南的人人緣真的很好，大家都在為她傷心。

最要命的是，連老師也一樣，無心教書似的。

到底她人緣好到哪裡。好像只有他一個無感。

他有一秒反省過自己是不是冷血。不過，大家只是不認識的同學啊。

大家都在哀傷，沒人記得他的生日。

「今天是我的生日呢。」他幽幽地道。

連他的好朋友也不記得。

到了放學的時候,卻發現自己的桌面多了一封信,下面還有一個小盒子。

　　信封是米白色的,封面空白,拆開一看是張 A4 紙,上面寫滿秀麗的字。

致李志豪同學：

哈哈，收到信你一定會覺得很驚訝，這不是老師給你的警告信啦。

也不用疑惑這是誰寫信給你，我是張曉南喔。

就是那天給你拒絕的那個女生。

欸，先不要緊張，我知道你在想什麼，這不是來自陰間的信啦哈哈。

只是有位好朋友幫我將寫下的信轉交給你。

我寫了很多信（因為有很多時間呵呵），其中剛好有幾封是給你的而已，其實沒什麼大不了，哈哈。

你問為什麼是你？我們明明又不認識。

嗯──可以說部分正確啦。

雖然你不熟悉我，但我很了解你。

應該說很早已經暗戀你了。

當然你不知道，因為暗戀就是當事人是最後一個知道的嘛。

不然這就不叫暗戀了。

我知道今天是你的生日，所以事先準備了一份生日禮物。

生日快樂喔，這是送給你的第一份禮物（也是最後一份XD）。

P.S. 天氣開始轉冷，你經常不穿外套會容易感冒，記得添加衣服喔！

張曉南上

打開小盒子，是他一直很想要的冰島樂團「Sigur Rós」的專輯。

李志豪內心感到一陣溫暖，同時浮起不少問題。

是誰放信在他桌面？

還有她怎知道自己想要這東西？

隔天，他問好朋友雞丁。

「信是你放的嗎？」

「什麼信？」他一臉問號，李志豪猜他應該不知情。

「那我問你其他問題。」

「問吧。」

「張曉南，她到底是一個怎樣的人？」

#2

「張曉南？她不像人。」雞丁回答。

「不像人？」李志豪問。

「一個好到你覺得像天使的女生。」

「有這麼誇張喔，你認識她嗎？」

「我有我的交友權啊。」

「我又沒有質疑你。」

「怎麼了？她人都不在了。」

「沒事，只是好奇問一問。」

是的，當是八卦一下同學。畢竟他們之間有過交集，想了解一下也是正常吧。

僅只如此。他想。

「這個，你問她的好朋友不會比較好？」

「她的好朋友？」

「雪兒那一班人。」

「之後再說吧……我要去比籃球賽。」

放學，李志豪開始球隊比賽。無奈受挫，這已經是他比賽第十連敗。

「你的狀態真的不好，」教練說：「你知道自己在幹什麼嗎？不認真不如退隊。」

他也一直反思。

他在想，該不該退出球隊。反正都快要考公開試，球技一直沒進步，是不是該放棄籃球。

質疑自己，質疑一切。

回到家中，他想拿起筆寫退隊信時，卻發現自己的書包不知何時塞進一封信。

米白色的信封——她的信。

何時的事?

她是鬼嗎……?

他想了一想,最後還是決定拆開。

致李志豪同學：

哈囉，又是我，你大概開始覺得我煩了。
你或許會想，欸，這個女生怎麼死了還這麼煩。
呵呵，幸好即使你這樣說，我是聽不到的～
這是給你的第二封信。
不知是誰說起呢，喜歡一個人多是從他的笑容開始。
我不是呢。

記得兩年前的班際比賽嗎？那天雪兒拉我一起看球賽，其實我完全沒興趣，純粹是陪她看她喜歡的男生。

然後我注意到你，不是因為你打得好⋯⋯我可以直接說嗎？（拒絕無效！），是你打得有夠爛。

你是那場比賽中最矮小的人，也是那個投籃永遠不進、搶籃板永遠搶不到的人。

身邊的人都嘲笑你不自量力。賽事果然輸了，在噓聲中完結。放學後大家都散去，還下起大雨來，你仍然一個人呆站球場痛哭，那不甘心的倔強表情，我永遠都記得。

其實是那一種「敗者氛圍」。我也覺得自己是失敗者，所以當時能感受到你的感受。

偷偷地告訴你，當日留下雨傘的人是我。（不用謝我，但你可以偷偷地說，我會開心哈哈～）

secret love
four last love
letters to you

出乎我意料,你沒有一蹶不振,反而我開始每天都看見你都在練球。

早上集會前,練三分球;休息時,練走籃;午飯時,練搶籃板;放學時,練罰球。

每一次我望向學校的操場,都一定會找到你的身影,無論春或秋,夏至冬。

久而久之,看到你變成給我安心的感覺,哈哈很奇怪吧。

第二次的班際比賽,是我拉雪兒去看比賽的。你還是被人笑身高,而且明明球賽已經大比數落後,身邊的隊友都放棄,你卻沒半分氣餒,鬥至最後一分一秒。

你眼中有火,你那一份永不言敗的精神感動了我。

不用言語,我知道你很喜歡籃球。從那刻起,你有點帥。

帥在,你不是球技最好的那一個,也不是身材最高挑的那一位,天分和天賦都不是最優秀的,卻是最用心、最有鬥志的人。

不知不覺間,你將不甘心變為勇氣的精神間接地影響了我。我也不甘心我的人生,我可以積極把握餘下的時間嗎?

你也間接教我,熱愛一件事有多重要。

原來我們的人生,能夠喜歡喜歡的人,已是一件無比幸福的事。

就如你喜歡籃球;我喜歡你。

我每天都從走廊偷看你打籃球，看著你慢慢長高，還有打聽你的喜好。

　　看你看過的書；聽你聽過的歌。

　　明明不想去廁所，卻會為了偷偷經過你的教室，在窗外偷看你在幹什麼。

　　偷偷告訴你，我有想過告訴你我的心意呢。

　　可是我打聽回來的其中一件事，就是知道你有喜歡的女生──呵呵。

　　這很好啊，真的──

　　原來我們的人生，能夠喜歡喜歡的，已是一件無比幸福的事⋯⋯因為有些喜歡未必能允許。

　　若有一天你想放棄一直堅持的夢，可以先問問自己還喜歡那件事嗎？

　　如果已不享受，那放棄也無妨。

　　但如果你仍喜歡，僅是波折而放棄，那實在太可惜了。

　　就如之後，我仍然偷偷地喜歡你一樣，所以你不能不喜歡自己喔。

一個被你鼓舞的女生 張曉南上

#3

　　李志豪再沒有收過張曉南的信。
　　那天之後，李志豪放棄退隊，決定重拾對籃球，嘗試尋回當初的熱情。
　　「教練……我還不想退隊。」李志豪向教籃球的黎老師請求。
　　「你確定你還有熱誠嗎？」
　　「是的，我會有！」
　　「那要給點決心喔，這次可不再有人為你擔保。」
　　「擔保？」
　　一方面準備考試，一方面忙著練習，不知不覺幾個月過去。
　　李志豪有喜歡的女生，王琳。這段時間因準備考試，多了機會在自修室見面，一起溫書、一起放學，二人有過約會，曾一起逛市集和看電影，就是曖昧不明的階段。
　　他也慢慢放下張曉南這個人，生活重回正軌。
　　就在考試的前夕，他知道王琳跟別的男生在一起，這事對他打擊甚大，令他一蹶不振。
　　身邊的人知道，包括雞丁。
　　「李志豪。」
　　是雪兒，張曉南的好朋友不知如何摸上門來，到他的教室

找他。

　　李志豪還未意識到是找自己。

　　「笨蛋李志豪。」

　　「嗯？」

　　「跟我來啊。」

　　他們來到無人的後樓梯。

　　「我不明白。」雪兒說。

　　「什麼啊？」

　　「我不明白她喜歡你什麼。」

　　雪兒拿出一封信。

　　「是張曉南的信？」

　　「啊不然呢？難道是我寫給你嗎？我才不會這麼用心。」

　　「她很好嗎，為什麼身邊的人都在幫她？」

　　「你是不是搞錯了什麼，是她先幫人。」

　　張曉南深得朋友歡心，只因她真誠待人，從不會計較，也沒有什麼架子。

　　忘了帶書她會借、天氣冷她會給你外套叮嚀你注重身體、有事幫忙她總義不容辭，第一個站出來。

　　她除了細心、溫柔和可愛，大概也因為她自身的情況，對他人很有同理心。

　　「有事時，你們也會幫我，不是嗎？」

她是真心交友的人,身邊無論老師或是同學都很喜歡她。

　　唯一在感情上,她是躊躇不前的人。

　　「我這種人哪有未來。」平常顯得樂觀開朗的她,談到感情事卻會抑鬱起來,變得膽小怕事。

　　雪兒沒好氣說:「數之不盡的事,那次你比賽中途發脾氣,她有幫你向黎老師求情不趕你出隊,還以自己人品擔保。我想這些你都不知道。」

　　他想起黎老師的話。

　　雪兒曾經看不過眼,罵過她,張曉南只說:「為一個人做的事,其實不需要都讓他知道。」

　　「妳這個笨蛋,哪會有人這樣。」

　　「我不就是。」

　　「沒有人會感激妳的。幫人做事,就是要讓那人知道嘛。」

　　「我做的一切,只是因為我想對他好,不是想要求他回報嘛。」

　　「我不知道說妳單純還是什麼好。」

　　「不要跟他說喔,保守秘密。」張曉南要求勾手指尾。

　　勾是勾了,只不過雪兒還是決定說出來。

　　「你這個遲鈍的人,她連你有煩惱都擔心,這是她叫我在你有感情困難時交給你的信。」雪兒交上第三封信。

　　李志豪一個人來到公園,寂靜無人。

他坐在鞦韆，前後前後的懸吊半空。

信有點厚，除了紙張，應該還有其他東西，他緩緩打開第三封信。

secret love
four last love
letters to you

致志豪：

這次親切點叫你志豪，因第三封信了，我們不算陌生人了？應該可以吧？

呵呵，你反對也是無效呢。

話說上年的情人節，其實我準備了心形巧克力，還有一封信打算送給你。

當天雪兒一臉為難地問我，神色奇怪。她問，怎樣才是喜歡上一個人，定義是什麼。

奇怪吧，竟然問什麼是喜歡，好像要考試答題耶，要不要給分數呢？

我覺得這個年紀的我們，想去定義什麼是喜歡，彷彿有點不自量力。

沒經驗的我們真的可以嗎？

不知你的答案是什麼，我當時是這樣回答她：

「心裡所藏的全是那人的身影，每當回想，便會有甜滋滋的感覺，還有想跟他在一起的衝動——這樣應該算是喜歡吧。」

然後她問我，那妳算喜歡李志豪嗎？會不會只是錯覺。

我說，可是我滿腦子都是你耶。哈哈，好害羞，幸好看不到你的表情。

她問，那如果李志豪有喜歡的人呢？

就是那刻我知道你有喜歡的女生。

我還是傻笑了一下。

只不過，心當下好像被人活生生撕裂了一塊出來，痛得不能自己。

剛巧目睹你在教室門外收到她送的巧克力，看著你凝望她的眼神，那份深情和溫柔是對其他人不曾有過的。

「每個人都有的。」她笑說。

「還是謝謝妳啦。我超喜歡。」你臉紅帶著點靦腆，即使是友情巧克力，也覺得幸福無比。

你之後為她買午餐，為她送水的殷勤，那份付出的喜悅也是世上無事物能掩蓋。

我人生第一次，希望自己不是自己，而是她呢。

最後我還是將巧克力偷偷放在你的櫃子，只不過將本來寫好的信收好。

你不必知道我是誰，我知道你正喜歡人，如果有人喜歡你，大概會造成你困擾吧。

所以你一臉困惑地捧住巧克力回家，去到車站時，我忍不住跟你搭訕，我想你已經不記得了吧？

那時我問：「人家送的嗎？」

你說：「嗯啊，不知道是誰呢。」

「可以要一塊嗎？」

secret love
four last love
letters to you

「隨便。」你大方分享給我。

　　你收到我的巧克力跟她送的巧克力表情差別真大，很壞呢，你知不知道那是我通宵為你做的。

　　坐車回家的路上，我的眼淚不知為何一直在流，完全控制不了。

　　一想到，我想著你，你想著她，心就不自覺被針刺了一下。

　　望向夕陽，我後悔跟雪兒說的答案，想改掉喜歡的定義。

　　「喜歡，就是心裡所藏全都是你的身影，每當想起就有隱隱作痛的感覺，但即使不能在一起也沒關係，仍然想念的是你——這樣應該算是喜歡吧。」

　　回家後我大哭一場。洗澡時哭，吃飯時哭，睡覺時也哭。哭得第二天上學時眼睛都紅腫了，別人以為我有眼疾。當走廊遇見你時會害怕得馬上避開，不過你沒發現我，因為你根本不認識我。

　　我真是個丟臉的笨蛋呢。

　　說實話啊，我很嫉妒她，那幾天嫉妒得覺得她簡直是全世界最討厭的人。

　　我變得奇怪，變得不像自己。

　　有時還會莫名其妙的傷感，不知在傷春悲秋什麼呢，哈哈。

　　「你在幹什麼啊，我認識的張曉南去哪了？」是雪兒的話打醒了我。

是啊。

其實也是一件好事，我想。

反正我也沒時間，也沒可能幸福，其實真的是好事。

這樣想後，我便釋懷了。

慢慢地，我學會欣賞你，欣賞你愛人的態度總是默默付出，背後為她做了許多事，卻不讓她知道。

你為她盡力打的比賽、為她作的歌、填的詞，為她鼓起勇氣參加歌唱比賽，每一刻都是真心。

這些我都覺得很感動，你是一個細心和認真去愛的人。

我想，因為你的幸福不是在乎誰對你付出的真心，而是單單想要她給的幸福，所以哪怕他人付出的 100%，也比不上她的 1% 來得令你高興。

哈哈，沒法子，這就是愛情。

「他都不喜歡妳，這樣 OK 嗎？」雪兒問。

「不 OK 啊，但我又能怎樣。」

她罵我笨蛋，可惡。

這句話從我嘴裡說出來有點奇怪，但如果你的幸福全牽連於她，那麼即使有一天你受傷了，也千萬不要因此輕易放棄。你是如此的好，相信她一定會看到，也會欣賞你的。

還有時間可以好好愛人，也是一種恩典。

加油喔。

P.S. 我有預感她其實對你也有好感,真的。女人直覺很準。哈哈。

曉南上

#4

　　李志豪讀完信，倒出信中之物，是一道她求的戀愛符，保守求愛成功。他沉默好一段時間後，決定打電話給王琳。
　　「喂，看到來電有點驚訝，你很久沒找我啦。」
　　「怕騷擾到妳嘛。」
　　「為什麼？」
　　「怕妳男朋友介意。」
　　「喔？我沒男朋友啊。」
　　「不是他嗎？」
　　「又是誰亂傳啊？」
　　「那麼……我可以約妳出來嗎？有話想說。」他緊握戀愛符說。
　　是張曉南的信讓李志豪有勇氣表白。
　　不知不覺間，她改變了他很多。
　　明明他們生前沒有太多交集，他卻受這個已逝去的人一點一點的改變。
　　在感到孤獨時，她讓他感到溫暖；在質疑自己能力時，她讓他重新有信心；在愛情舉棋不定時，她讓他有勇氣。
　　明明不在了，卻彷彿依然存在。
　　奇怪。

李志豪表白了,在約會當天跟就王琳說清楚。

一起之後,王琳不時都有問他,為什麼過去扭扭捏捏,現今反而有勇氣表白。

「我以為你一生都不會跟我表白呢。」王琳說。

「是一個朋友,她鼓舞了我。」李志豪說。

「什麼朋友?我們該約出來見面多謝她啊,她是我們的紅娘。」

「她⋯⋯已經約不了。」

「為什麼?你們吵架了?」

「不是⋯⋯」

「她移民了?」

「妳當是吧,移去一個很遠的地方。」他嘆氣說。

移去一個再也不會相見的地方。

他的內心有一種鬱悶,說不出是什麼感覺。

跟王琳一起沒多久,他就收到張曉南的第四封信。

沒有寫上地址,白色的信就出現在他的信箱。

致志豪：

這是最後一封信，相信你已經得到幸福了。

還記得那天向你表白嗎？你大概覺得我是一個很奇怪的女生。

經過幾番春秋，雖然你不認識我，但我算是有點認識你的性格啦！（不是我自誇喔。）

所以是的，我知道的，早在我表白之前，已經知道你會拒絕我。

你心裡一定暗罵，那妳表白幹嘛？

雪兒曾經跟我說過，表白是一件不必要的事，兩個人喜歡的話，自自然然就會走在一起，不必刻意、不必多餘。

而表白是多餘的。

嗯——某程度我是同意，不過表白還有另一個功用吧。

你知道嗎？在人生最後的階段，想念你是一件痛苦的事，越是日日夜夜想你，越是不捨得這個世界——有你的世界。

這可不行喔⋯⋯

所以是的⋯⋯

表白不是為了讓你愛我，表白只是為了讓我不再愛你。

哈哈，算是我自私的表現。

當你果斷拒絕我，我就能無牽掛啦，不必再為你牽腸掛肚。

所以當日在天橋，說出自己的心意，我是抱著必死的決心。

「當然不可以！」你說。

可是啊……明明你說出答案是我想要的答案，明明是自己預期的東西，心卻還是絞痛得很。

背向你離開，眼淚不自覺黯然流下。

原來真正知道喜歡的人不喜歡自己，那種是心如刀割的痛。

其實讓我在生命的尾聲能感受到失戀，那種愛而痛的滋味，也該謝謝你。

失戀可以是好事，離開錯的人才會遇見對的人。

還有好處是……因為失戀，現在我能說，我體會你的感受哈哈。

只要活著，生活即使在低谷，也會有一天重見天日。珍惜自己，才能遇到下個更好的。

忘了說，很遺憾的是，我的計畫失敗了。

到最後的最後，我還是喜歡你。

好喜歡，哈哈。

P.S. I Love You.

南上

只有入夜我們才能見面

「唯獨在晚上，我才能感受到真正的寧靜。」她說。

#1

凌晨兩點半，夜幕靜垂，這城市黯然換起黑邃的晚裝。最寂靜的時刻，大部分人都安居家裡熟睡，外面街道看不見任何人、任何車輛。

除了黑暗還是黑暗，一片死寂，幾盞路燈撐起絲絲光芒。

進入黑夜，世界就是另一套規矩，日間的一切都通通失去意義。

這是他第二十天看見同一個女生。

那是一間位於海旁的24小時快餐店，共有兩層。地下那一層主要是售餐處，還有三、四張桌子，位置不多。大部分客人買餐後，都會選擇上二樓用餐。

二樓廣闊得多，大概有二十多張桌子，且有單人座位，共有四張椅子，都是面對一塊落地大玻璃，窗外能望向大海。

晚上時分，人流不多，凌晨時分更是稀少，連員工都在打盹。

張家羽搬來這裡一個多月，每次都會坐在樓上左邊的單人座，孤獨地欣賞黑夜的大海。

　　而那個女生，她多是穿黑白間條衣服配黑色牛仔褲，每次都是凌晨兩點半左右出現，坐在最右邊的單人位。

　　每次都是捧著一盒小薯條和一杯巧克力冰淇淋。

　　跟他一樣，望著大海發呆。時而聽歌，時而看書。

　　張家羽有想過，這麼多位置不坐，為何每次偏偏要坐在他身旁？難道對他有好感？

　　難不成是暗示？

　　因此，在他們第二十一次見面時，他終於忍不住開口問：「妳不悶嗎？」

　　她只用眼角瞄了他一下。

　　他怕她聽不見，再開口補充：「只吃薯條和冰淇淋。」

　　她動作停頓幾秒，又恢復正常。

　　完·全·無·視·他！

　　她只不過當他空氣而已。

　　吃薯條、吃冰淇淋、之後看海。

　　「……」

　　他尷尬想死，人家根本對他無意，他多想什麼。

　　一定嚇走人家。

　　可是第二天，她仍是如常出現。

穿著黑白間條衫,買了小薯條和冰淇淋。

當她快吃完冰淇淋時,他又忍不住好奇,開聲問:「海有什麼好看,黑漆漆的,什麼都看不到。」

「——」

她仍沒有反應。

到了第三天,她仍有出現。

這次他終於學乖。

他取了快餐店紙巾,寫上幾個字,遞了過去。

「小姐,妳是啞的嗎?」這是他所寫。

「你媽才啞呢。」她馬上反駁。

「噢,原來妳會說話。」

「我當然會。」

「前幾次問妳都沒反應。」

「純粹找不到原因跟你說話,誰知你是不是壞人喔?」

這個女生真有趣,他心想。

「我也是純粹好奇而已,為什麼妳永遠同一時間出現,又坐在我身邊。」

「我才奇怪呢,為什麼你也要跟我坐這邊,好妨礙我。」

「小姐,是我先來的。」

「是我先來。」

「妳講不講道理?」

「道理？」

小學生嗎……

「……我兩點整已經坐在這裡。」

「我一年前開始已經坐在這裡。」

「……」他語塞：「那妳為什麼晚上才出門？」

「你不是也一樣嗎？」

「有原因啦。」

「那我也是。」

「什麼原因？」

她沒有回應。二人又呆望黑夜的大海。

五點。

「怪人。」她道。

「承讓，妳也不差。」他再問：「我的問題沒有答案嗎？」

「下次再告訴你……如果有冰淇淋。」

「妳在打劫我嗎？」

「不，這擺明叫勒索。」她收拾好物品和餐盤，準備離開。

「我叫張家羽。」

「高若琋。」她背著他揮手。

他開始期待晚上的來臨。

#2

　　高若晞大快朵頤吃著張家羽買的冰淇淋，臉上流露幸福的笑容。
　　凌晨三點，又是一晚無眠之夜。
　　「一杯冰淇淋而已，值得妳這樣開心嗎？」張家羽問。
　　「冰淇淋的美，你不懂了。夏蟲怎可言冰。」高若晞搖搖頭說。
　　「我就不懂了。那妳可以回答我為什麼每晚都要來嗎？」
　　「你對我那麼有興趣？你喜歡我啊？」
　　「才不是，我只是以為妳暗戀我。」
　　她快速吃完最後一口冰淇淋，抹抹嘴後說：「你不覺得夜晚很美嗎？」
　　「黑漆漆的，有什麼漂亮。」
　　「什麼鬼。」她一面厭棄地說：「看在冰淇淋君的份上，你跟我來。」
　　來到快餐店旁的岸邊，海風迎面，她不時要按著自己的頭髮。
　　凌晨時分，沒有什麼燈光，卻仍能望見海浪拍岸時濺起的浪花。
　　「看，『星月皎潔，明河在天。』」她望著夜空說。

「『四無人聲,聲在樹間。』……可惜這不是秋夜。」他說。

「你懂點東西。」她詫異地笑說。

「妳想帶我來看什麼?要把我賣掉嗎?」

「噓……閉上眼聽。」她示意他安靜,再閉上雙眼說:「感受。」

他闔上眼,猶如從一個漆黑回歸到另一個漆黑,周遭什麼聲音都沒有,除了海浪聲,以及自己的心跳聲。

還能聞到她的髮香。

慢慢,他也習慣這種黑暗,彷彿跟世界融為一體。

「沒有人的干擾,只有世界的聲音是最美麗。」她說:「早上時,實在太吵鬧。」

他想張開眼,發覺她還是閉著,便繼續闔上眼。

「雖然我剛才這樣問,但其實我是喜歡夜晚。我就是喜歡神神秘秘的那種感覺。」

「呵,你就是一直嘴硬。」她說:「真是怪人。」

「妳也喜歡夜晚,就不怪嗎?」

「沒你怪。」

「妳不喜歡人嗎?」他問。

「不算喜歡吧。」

「如果妳不喜歡人,那妳也不喜歡自己?」

「這個問題很難回答,我也不知道⋯⋯」聽到她的聲音有點無奈,好像背後有什麼難言之隱。

「妳還沒回答我問題。」

「被你發現了,本來還想混過去。」

「當然。」

「我啊,」隔了一段長時間後,她才續說:「我覺得自己好像已殘缺,不完美。」

「為什麼?」

「喜歡黑夜,只是因為我是一個無法再看見陽光的人,每當看見日光⋯⋯就會想起一些很不好、很不好的事。」

他張開眼,見她渾身抖震,額頭滿是汗水。

「對不起。」

她也張開眼,眼眶盡是淚水,苦笑:「又不是你的錯。」

「也不是妳的錯。」

「──」她錯愕。

夜晚的美好,在於沉默安靜就是預設的狀態,不怕對話中斷、不怕死寂、不怕沒人接話,一切都很自然。

他們靜靜地看海。

「跟妳說話很舒服。」

「還好吧。」

「如果妳想說,我隨時都願意聽。」

「嗯?」

「妳發生過的那些事⋯⋯」

「那你呢,你又為什麼會在此,必定有你故事吧?」

#3

「你等了很久嗎?」她問。

「才一會。」他說。

張家羽不知道他們是第幾晚相見,但已習慣每一晚跟黑白間條女孩的見面。

深夜時分,萬籟俱寂,風平浪靜。

大概第六次見面後,他們在快餐店買完餐後,便會外出漫遊。

那次高若瑎告訴他,白天時曾遭一個陌生大叔於後巷強暴,無法掙脫,也沒有人經過,找不到人幫助,那十分鐘她彷彿經歷了地獄。

說完這事後,她渾身是汗,頭痛得快撕裂,說想外出走走,他伴隨,一走便兩小時,直至五點才回家。

自此,他們習慣了散步。

「深夜漫步是一種浪漫。」現在,她腳步輕快,猶如跳舞般。

「為什麼?」

「浪漫不能太多人。」

「所以妳的意思是,我們兩人很浪漫?」

「一人也可以浪漫。我沒有算上你。」她笑道。

他凝望她的背影,內心隱隱刺痛。她並非想於深夜出沒,只是那次之後,每當有日光,她都會回憶起那天的情況,呼吸便會困難,不斷嘔吐,同時身體顫抖得無法控制。

她覺得自己好污穢,同時無法再觸碰他人。

身邊的人都大談荒謬,卻沒人注意她蒼白的臉。

「我也不知道自己為何會這樣奇怪。」她苦笑說。

除此,還有不斷的質問。

「妳是不是穿得太暴露了?」

「妳是不是不小心走光才這樣?」

任何對原因的探究,她都一概苦笑以對。

「不是每事都有因,世上有一種狀態叫無辜,無任何原因而受害。」張家羽聽到時,憤然回應。

到底她承受了什麼?他想。

想著想著,她轉身盯住他。

「喂!不要這樣,我看得懂你的眼神。」

「什麼?」

「你在可憐我對不對?」

「才沒有啦。」

「總有一天,我會沒事的。」

「我也相信。」

「到現在你還沒說,為何你也在深夜出現。白天不用上班什麼的嗎?」

「我?我只是一個失眠的人而已。」

張家羽跟未婚妻將近結婚的前一個月,經常吵架,某一天他準備道歉,還預備給她驚喜時,卻在她家樓下遇見她跟另一個男人相吻,他的手在她胸前遊走。

他上前質問時,她還一臉理所當然地說:

「他對我很溫柔,不像你那麼冷淡。」

「但我們是要結婚了耶!」

「那就不要結啊,人家比你有錢、比你帥好不好?」

她的話狠狠撕裂了他的心,還有對人的信任。多少個晚上,他都會作惡夢。

「我好像已經很久沒好好睡過。」

「雖然不能借肩膀給你,但如果你想睡一睡,我可以坐在這裡陪你。」

他搖頭,抬望星空說:「難怪我們都喜歡黑夜,在黑暗的

地方，就看不見我們渾身是傷。」

「再黑的黑夜也有星星，光會互相連結。就像人談心事，也能把殘缺的心連結。」

「是喔，若不是這樣受傷，我們也不會見面。」

「呵呵，我們其實挺相襯。」

冷不防，他拋下一句。

「要在一起嗎？」

「在一起？呵呵，你是說笑的吧。」她假笑道。幾秒後，他仍是認真的樣子，她才收起笑容。

「我說真的。」

無盡的黑夜，黑暗要吞噬一切，讓萬物歸於虛空，包括僅有的微光。

「但我不知道自己何時會痊癒。」

「妳不是剛說自己一定會好嗎？」

「那是我的盼望而已，萬一好不了那怎辦？」

「妳會好的。」

「如果一輩子都不能好呢？」

「嗯，那也沒法啊。」

「你不介意嗎？」

「什麼？」

「我們永遠不能觸碰。」

「雖然很想抱妳，但沒關係。」
「我也不能跟你牽手。」
「雖然很想牽妳，但沒關係。」
「我不能跟你親吻。」
「這個呢……」他假裝思考說：「有點麻煩。」
「我也不能跟你親熱，你這樣也可以？」
「比起能跟妳在一起，其他都顯得不重要。」
「你現在當然說可以，但有一天你一定會覺得累，你會嫌棄一個逛街不能牽手的女朋友；你會介意一個情人節不能跟你擁抱的女友；你會掙扎於性需求，痛苦有一個不能跟你親熱的女友。時間久了，日子長了，一切都是問題。甚至將來某日某刻，你可能會嫌棄我被人侵犯過……」

這番話，幾乎耗光她所有能量。
「為什麼沒發生的事，妳要事先害怕？」
「我知道大部分人都不可能。」
「大部分人不能，不代表不可能。」
「……」
「我只是想單單陪著妳，跟妳一起。」
「即使見不到日光？」
「我也不喜歡日光。」
「一個有等於沒有的女朋友。」

「有妳的世界,跟沒有妳的世界差得遠了。」

她嘆一口長氣,由於深夜冷峻,呼出之氣都成了煙霧,不過只存在一剎。

「我希望你真的想清楚。」她說,再轉身離開。

她的內心激動不已,如同大水翻滾。人活在黑夜是沒有問題,只要習慣就可以;人絕望也是可以,只要習慣就可以,唯獨有一絲希望能重見光明,卻收走這希望,這才是令人最絕望。

她的傷痕,不認為有誰應該承擔。

她甚至期望他沒出現。

如果他沒出現⋯⋯沒出現就好⋯⋯

也是正常。

那就不用害怕失去希望。

第二晚,他還是出現了。

還是同一樣的黑夜,同一樣的海浪,同一樣的星空,沒有什麼不同。

「我想得很清楚。」他說。

「嗯?」

「即使一生我們不牽手也可以。不親吻也可以,不親熱也可以。」

「只要有妳在,我希望相信一次童話⋯⋯不計結果。」

她流淚伸出手,他也伸出手,二人就在兩螯米之近假裝牽

手。

「就談一次不可能的戀愛好嗎？」

　　同一樣的黑夜，同一樣的海浪，同一樣的星空，不過這晚好像特別炫目。
　　不是來自星星。

經常借我面紙的女生

那年高一。

他學號十五,她學號十六,順理成章成為鄰座。

#1

她坐在鄰座,他卻緊張且心跳加速,只因她是一個氣質型的女生。

如果不是她主動跟他說話,大概他們一生都不會交集。

「哈啾……」她望著他,掩住鼻問:「十五號,能不能借我面紙擦鼻涕。」

他愣住半晌,才意識她在叫自己,匆匆忙忙拿出一包紙巾遞上。他怯怯地望了她一眼,又心虛地移開視線。

她好漂亮。他想。

她一邊笑一邊疑惑地問他:「是我太漂亮還是我長太醜?所以你看了我一眼就馬上轉開?」

「沒有啦,面紙給妳好了。」

「所以到底是什麼?」

「面紙給妳了啦。」他重複。

她像太陽,總是帶著溫暖的笑容出現,跟班上的同學和老

師都打成一片,把身邊的人都逗樂,大家都喜歡她。

他像月亮,總是冷冰冰、沒什麼表情,跟班上的人都講沒兩句。

後來他發現,太陽也會怕冷。因她經常都會打噴嚏,比一般人多,大概是過敏或是易冷的關係。

每當她打噴嚏,鼻子和兩頰都會緋紅,像一隻可愛的聖誕馴鹿。

不到幾秒,就會聽到她向他借面紙。

「欸,十五號,你有面紙借我嗎?」

「妳沒帶嗎?」

「嗯……沒帶。」

「給妳。」

每天都會重複這樣的對話,他已經沒有記住自己給過她多少張紙巾。

大概,也有一座山。

「十五號……」

「我叫小誠。」

「好吧,小誠,那你也要叫我阿咏。」

由於不善言辭的關係,他經常被人誤會,也遭到班上的同學欺負。每次都是由她出面解決。

「你們都誤解了他,雖然他不說話,但不是你們想像的,

他是一個好人。」她說。

他內心一陣溫熱的感覺湧上，眼眶轉濕。

事後他說：「謝謝妳，我可以幫妳什麼忙或是請妳喝飲料嗎？」

「可以啊，教會我地球科學和數學吧？飲料我要紅茶拿鐵熱的半糖，還要金莎一顆，嘻嘻嘻。」

他笑了，從未見過有女生如此厚臉皮。他開懷地笑，人生從未笑得如此開心。

她讓他感到，原本冷冰冰的校園生活，多了一份不能言語的溫，也變得有趣和快樂。

就如有溫暖的陽光照射在長期冰封的極地上。

某天放學，在學校附近，他看見她在跟一個陌生的男人說話。

「妳媽後來把妳給帶走後，也都不讓我有聯絡方式，媽的很賤吼？我看妳媽那份業務工作能做多久啦，像個瘋子似的到處賣，我看能養妳多久？」

他們似有什麼爭吵，最後那個男人狠摑她一巴掌。她跑走了，他擔心之下緊隨其後，卻失了她的蹤影。尋找快將一小時，才發現她默默地坐在超商外，眼神空洞地望著天空。

他第一次看見她如此難過的樣子。

「我沒有心的，但剛才那個……是妳爸爸嗎？」

「我沒有爸爸,我們家單親,那不是我爸爸⋯⋯不是⋯⋯不是⋯⋯」

她的眼淚一滴一滴流下,崩如決堤,跟平常快樂、笑面迎人的她判若兩人。

他想,大概已觸碰她內心最脆弱的位置。

他默默坐在她身邊,拿出面紙給她擦眼淚。

「抱歉,我不曉得怎麼安慰妳才好,但⋯⋯有我,我在這裡。」

月下無處消愁緒。

阿咏請了兩天病假後,又重新回到校園,看似正常。

「還好嗎?好幾天沒看到妳,那天滿擔心的。」

他寫字條給她,想關心一下,卻意外遭老師見到,罰他站立。

「拿來,字條給我拿來,看你像個老實人,上課還給我在那邊騷擾班上女同學,嘖,情書喔?你很差勁欸,情書寫這麼小張。」老師戲謔地調侃他。

他正想交上字條,她卻阻止了。

「沒有啦,老師,他前幾天就告白了,他是問我功課問題,我讀給你聽。」接下來,她竟能將紙條亂掰成英文功課的問題。

老師這才消下氣,說:「那你不尊重我,堂堂一個地理課你把我變英文課。還給我偷把班上美眉,算了,罰站 30 分鐘。」

我沒有女朋友又這樣搞我,處罰你一下。」

他面紅耳赤地站了一整堂。

就這樣,班上所有的同學開始盛傳他們是情侶。

他感到好奇妙,人生第一次被誤會卻竟然覺得開心。

這……是什麼感覺?

聖誕節的班會派對,要買各自的禮物,他們相約一起選購。那天她放下頭髮,穿了黑色 T-Shirt 和牛仔褲,多了份親切感。

「這個好嗎?」

在店裡選禮物時,二人眼神又對上時,他眼睛又下意識地迴避。

「怎樣啦,到底是漂亮還是醜啦?每次都迴避我的眼神。」

他緊張得不曉得如何回答。

逛了一會,她又再次打起噴嚏,向他借來紙巾時,一打開,只見紙巾裡有四個字。

「妳很漂亮。」

她笑得滿臉通紅。

她笑容如陽光般燦爛,直視他說:「那你看著我啊。」

「不能……」他嘗試幾秒,卻又移開。

「為什麼?」

「妳……太漂亮。」

「那你也喜歡我嗎?」

#2

「那你也喜歡我嗎?」

突如其來的一句,讓他內心慌張得不知所措。

他腦海充滿著:我好像完全配不上她,她怎會喜歡我?我根本不配。

見小誠呆滯沒有回應,阿咏再補一句:「不用急著告訴我答案,我知道你不會騙人,我可以等你的答案。」

他錯愕地抬頭,只見她趕緊將視線移走,臉頰泛紅的她佯望遠處的貨品,帶著甜絲絲的微笑,這是她第一次不敢直視人。

是害羞嗎?

「我……」

他腦海一直衡量自己該不該說出答案。

配得上嗎?配得上嗎?

接下來陪她買禮物的時間,他都心不在焉。

一直在思考,到底他有什麼優點?值得一個廣受大家喜愛的女生垂青?

他連自己一個優點都想不出。

臨別時,她凝凝柔亮的眼眸內,彷彿正期待他會說出什麼。

「那……我走了。」她說。

「嗯。拜拜。」

「……拜拜。」

最後他也沒有說出口。

「膽小鬼！連擁抱幸福的勇氣也沒有！」

轉身時，他罵了自己一句。

機會就像一瞬即逝的流星，抓不緊而錯失，流星或會再來、或可再現……只是要等待奇蹟再臨。

他們如平常的相處，像普通朋友一樣。她打噴嚏，他借面紙；她開玩笑；他搔頭。

他知道一向有不少男生在追求她，過了不久，有一個條件不錯的男生公開向她示愛。

當晚，她打給他談及這件事。

「你覺得我應該怎麼辦？」她問。

相比之下，他覺得自己遠遠不及那個男生條件好。

一想到自己跟如陽光耀眼般的她一起，就覺得他們根本不太可能。

無盡的自卑感壓垮了他。

他想了一想，就祝福她：「妳可以勇敢往前跨出一步，不用因為其他同學把我們湊成一對，就覺得我們要一起。」

電話裡雖然看不到她的表情，卻隱隱約約聽到哽咽的吸鼻子聲。

「妳在哭嗎？」他緊張地問。

「沒有啦，我只是過敏，」她帶著沙啞的聲音說：「笨蛋。」

她掛了電話。

他們沒有再交談，成了雙方的默契，直到畢業那天⋯⋯也是如此。

畢業禮時，她打了一個噴嚏，他恰好在旁遞上紙巾。

她搖搖頭笑說：「其實我一直都有帶面紙。」

過了好久，他才明白她的意思。

畢業就如斷了的弦，他們沒有再聯絡。

他內心好像缺了什麼、消失了一部分，卻又說不出是什麼，有如失去像心臟一樣重要的東西。

他好久沒感受自己的心跳，感受確確實實的跳動。

升上大學後，她去了台北念大學，他則留在台南讀書，天南地北。

大三的暑假，剛好是她生日的前一天。他的手機響起，有人在臉書找他。

一看，他的心又重新跳動。

是她。

「十五號，好久不見了，你願意來我生日派對嗎？我們還可以當朋友嗎？我很珍惜這段情誼。」

她再次打破他們之間冰封的牆壁，永遠都是她踏出第一步。

沒想到他們有重新聊天的一日,他焦急地回覆:「對不起,一直都不敢打擾妳。妳現在過得還好嗎?」
　　「還不錯吧!那你交女友了沒有?(哭笑的臉)」
　　「妳瞧我這德性哪敢啊?那妳有沒有和男友出去玩的照片。你們過得還不錯吧?」
　　她一段長時間都沒有回覆,他心想是不是自己說錯什麼,要照片是太奇怪嗎?是她後悔又不想當朋友嗎?
　　終於訊息聲再響起,她傳來一張相片,還有一段訊息。
　　一看,他整個人的情緒瞬間崩潰,眼淚如潰堤的水洶湧不絕。
　　「……我和男友出去玩的照片,就只有這張。」
　　那是他們二人的合照,那一次去買禮物。
　　「可是我還在等那個答案,他還是不誠實,也不成熟地回答我……我還在等他,他值得等對吧?」
　　「為什麼?他有什麼優點,值得妳等?」
　　「笨蛋,我喜歡的話,他就是全世界最好,喜歡有什麼理由不理由?」
　　他控制不住自己的情感,當下回宿舍揹起書包找她,眼淚停不下,擦了又流,擦了還是不止,就一直糊著視線地北上。
　　來到她的校園宿舍後,他微微發抖,先拍拍自己心口,再打電話給她。

「阿咏,妳的生日派對⋯⋯我可能沒辦法到了。」他假裝嚴肅地說。

「喔⋯⋯好吧,沒關係,那我們還可以當朋友嗎?」她聲線漸弱。

「也不行。」

「為什麼不行?」

「因為⋯⋯妳先往下看。」

他其實也不知道她住在哪一層,唯有深深吸了一口大氣,對著黑邃無際的深夜,用盡他畢生的力氣大吼:「因為我不想當妳的朋友!對不起!我不會當膽小鬼了,我不會把妳再搞丟了⋯⋯!」說著說著,他竟然自己也哭了起來:「因為我⋯⋯我想當妳男朋友可不可以!?」

她下樓了,站在宿舍門口。

「你這個白痴!把整棟樓的人都吵醒了,我以後怎麼見人?」

她眼眶滿紅。

他衝去把她緊緊抱著,深怕她再次從自己手中溜走。

兩人相擁,世界在這一刻彷彿停轉了,黑夜中的萬物靜止不動,連空氣也停止流動。

他好想留住這一秒。

「你抱得我有點緊⋯⋯」她輕聲說。

「對不起。」他鬆手,將額頭緊緊貼住她的額頭。

「怎麼了?」她好奇問。

「你不知道嗎?這是彼此靈魂最靠近的方式。」

「是嗎?」

他們享受這一刻。

良久後,她一邊笑一邊搥他的胸口:「謝謝你這樣子跑上來,驚喜和驚嚇給我很夠,你真的很笨。」

他只笑著。

她再問:「那你今天晚上住哪裡?」

他才意識到,搔著頭說:「我急著搭火車過來找妳,都沒想過要住那裡欸。」

她歪著頭想了一下,笑說:「走啊,去汽車旅館,我們體驗一下。」

「喔?」

這下換他滿臉驚駭。

她又奸計得逞般說:「你每次都這麼認真,怕你了,走啦。回我媽媽的家。」

他才鬆口氣說:「阿咏,妳真的都沒變。」

她雙手捧著他的臉,面對面柔情地說:「我會一直這樣,你要習慣喔。」

她輕輕親了他的臉頰,把額頭靠在他額頭上,眼睛閉著:

說：「習慣我喜歡你。」

#3

　　那是他們最快樂的時光，雖是遠距離戀愛，聚少離多，但只要有機會在一起，要嘛窩在誠品看書；要嘛去看海。珍惜每分每秒。
　　她喜歡聽海浪的聲音，也很喜歡墾丁。墾丁變成他們經常相聚的回憶。
　　「將來我想在墾丁結婚。」她說。
　　「將來我想在台北結婚。」
　　「有人要嫁你嗎？」
　　「那有人要娶妳嗎？」
　　「有，他在台南。」
　　「很巧，我的愛人也在台北。」
　　「那我們要不要換換？」
　　「妳白痴喔。」
　　他其實一直記在心裡，並想像大學畢業後能常在一起，一起工作、一起結婚、一起計畫未來。

只不過人生許多計畫都趕不上變化,世事恆變,唯一不變的,大概只有無常這件事。

大四的暑假,一通來電改變一切。是由阿咏的母親打來,劈頭第一句就是:「弟弟,你聽到後要冷靜一點。」

他永遠無法忘記是她叫他冷靜,可是最後她忍不住哽咽說:「阿咏放學打工時出了車禍。」

他有想過這是她的惡作劇,為要給他生日驚喜,雖然他的生日還有半年才到……

但會不會突然之間,她會跳出來說:「驚喜!惡整到你吧!我哪有那麼容易死?」

是啊,是惡作劇,她一向喜歡開玩笑。

拜託告訴我,這是惡作劇。不然一個活生生的人,怎會如此簡單就離去?他想。

可惜人生就是如此無常。

他往後一段長時間都陷入無盡的憤怒,他恨死自己、恨死那司機、恨死台灣的交通、恨死交通號誌。

喪禮上,他向她母親道歉:「阿姨,對不起,我沒保護好她。」

她的母親回他:「應該是謝謝你,她最後的人生過得很開心,還好你在她後來的人生出現了。」

最後瞻仰遺容,他好不容易忍著眼淚,跟她再次額頭貼額

頭。

　　他想,如果這是靈魂最接近的方式,能不能超越生死?讓我的靈魂接觸到彼岸的她。妳的靈魂可不可以不離開。

　　他帶沙啞的聲線問:「能不能將來還要當我的女朋友?不用急著告訴我答案,我知道妳不會騙人,我可以等妳的答案。」

　　海邊的婚禮變成了喪禮,他只能把骨灰撒在海裡。

　　那天他跟她母親出海,將骨灰撒進海裡,凝望被大海吞沒的骨灰⋯⋯

　　他知道,她自由了。
　　「等我。」

　　　　改編 ZYR & CYN 的真實故事,感謝准許分享這故事。

初戀是一首亂七八糟的詩

同學阿康找我幫忙時,我第一個反應是感到莫名其妙。
　　「你喜歡人家,關我屁事?」

#1

　　我又不是紅娘,哪裡扯一條紅線給你牽。
　　「一場朋友,幫幫忙也不可以?」他雙手合十,哀求道。
　　「你自己等她放學啦,犯不著多一個人陪。」我擺擺手說。老子要回家打電動。
　　「一個人好奇怪,而且你們住得好近。」
　　他喜歡的女生跟我是鄰居,她住北邨,我住南邨,大家都是同一個地鐵站,相距只有三分鐘路程。
　　這是我跟阿康不算太熟,他卻找我的原因。
　　「不行,門都沒有,絕對不行。」
　　「我請你吃滷雞腿啦!」
　　「我豈是能夠收買賄賂之徒?」
　　「一星期。」
　　「所謂『德不孤,必有鄰!』待人以誠,感人以德,朋友

就理應要肝膽相照！」我拍拍他的肩膀說：「好兄弟，請容我陪你等。」

誰知，一切都是地獄的開始。

第二天放學，我們坐在地鐵站月台等她。

奇怪的是，不在她家的那一站等，而是前一站，問阿康為什麼，他說可以陪她坐多一程車。

阿康的邏輯難以理解，那為什麼不在學校等？

沒法子，收了雞腿當下午茶，只能跟著一起等。

等了約一小時，蚊子都打死十隻，我快口水流到地上之際，他緊張地叫醒我說：「到了到了！」

他喜歡的女生終於登場。

從車門出來一個揹著一個森綠色書包、穿及膝校裙、腳步輕快的女生。

阿康說，喜歡一個人就是，當遇見那個人時，莫名其妙會有背景音樂播過，清風吹過，陽光暖送，最後一股電流傳入心坎。

「那你聽到什麼音樂？」我問。

「〈Beautiful in White〉。」他一面陶醉地說。

不是吧。

我啥都聽不到，只聽到「請勿靠近車門，Please stand back from the train doors.」

但我得承認,她的臉頰像初熟的蘋果,帶點緋紅,樣子可愛甜美,眼睛有神,在我看來是 89 分的女生。

為什麼是 89 分?扣了 11 分是因為我不喜歡她。

「上啦!」

「你別那麼大聲!」阿康照照鏡子,撥了撥自己的瀏海,以一副「我沒有等一小時」的表情呆立原地。

她經過我們,花了八秒,眼尾都沒有瞄過我們。

「喂?」

「嗯?」

「她走了啊。」

「我知道啊。」

「你不上前搭訕嗎?」

「我等她回家就可以。」

就為了八秒,我們等了一小時!?

「不是啦,我們會送她回家。」

「這件事會不會太變態?」

我們目送她到樓下。

接下來好幾日,阿康每天都會找我一起等她,用「每日一腿」收買我。

我們都會呆等一小時,待地鐵車門一開,她從一邊車門走到另一邊,上車,我們急腳跟隨上車。

她拿出耳機（那時還是有線的），遠望窗外風景，我們則假裝不是偷看地窺看（很高難度），再尾隨她回家。

　　有夠變態。

　　「她絕對覺得我們是變態。」我說。

　　可是我是受薪的（雞腿），不好對老闆說什麼。而阿康又只會白白地等，什麼都沒有做。

　　「我只要遠遠看著她，就已經心滿意足了。」他說。

　　神交也。我們這種凡人是不懂了。

　　坦白說，這份工作還滿容易。流程只是：

1. 等
2. 跟著坐車
3. 送她回家（用眼睛）
4. 跟阿康揮別
5. 回家

　　反正我住得很近，幾分鐘路程實在沒什麼所謂。

　　我以為這樣的日子會一直繼續。

　　就在跟往常沒什麼分別的一天，都是一樣流程：

1. 等
2. 跟著坐車
3. 送她回家（用眼睛）
4. 跟阿康揮別
5. 回……

到家門時，我的書包忽然被人扯住。
「喂，搞什麼鬼？」
我懊惱哪個混蛋拉住我，轉身一看，心臟都快跳出來。
竟是那個女生！？
腦袋馬上當機。
「Hello，變態先生。」
「……Hi……」我不懂如何反應。
這一下太過驚嚇，我出了一身冷汗。
回過神，才發現她的眼睛笑時很美。
只不過她是假笑。
「請問可以解釋一下，為什麼每天都跟蹤我嗎？」

#2

「呃,妳在說什麼?」
我決定裝傻回應。
「我說跟蹤狂先生你為什麼要跟我回家。」
她笑靨依然,只是聲量故意略大,經過的路人都對我投以好奇的目光。
「年紀小小就跟蹤成癮?」我聽到有人竊竊私語道。
「呃,小姐,現在是妳跟蹤我。」我決定反客為主說:「我住在這裡,回家不犯法吧?」
「你寫字習慣倒轉寫的嗎?」
「不會啊。」
「不然你怎麼連說話都是倒著說。」
這個女生不簡單啊。
「你跟另一個男生經常跟蹤我回家,色情狂魔先生。」
我到底有多少個名字啊?又變態又跟蹤狂又色情狂,最要命她還說得彬彬有禮,害人完全生不起氣。
「不要再叫我色情狂魔、跟蹤狂先生和變態先生⋯⋯我叫阿森。」我揮揮手,示意問她什麼名字。
其實我一早知道她叫小魚。
「小魚。」

「小魚同學,我是住在這裡,他只是送我回家……我們原來是鄰居喔?」

混蛋阿康,其實我只收了他一星期的雞腿分量,不值得我為他犧牲那麼多。

「對不起我誤會了,原來你不是變態。」她終於鬆開我的書包。

她還挺容易騙的嘛。

「妳理解就好。」

「你是喜歡說謊的變態。」

第二天上學,我的腦袋全是什麼變態不變態。

「變態(metamorphosis),指昆蟲和兩棲類動物的發育……」生物課的黃老師在唸經。

「你發春夢喔。」阿康大力拍打我的頭問。

「還說,你害我被人家誤會。」

我將昨天的事,一五一十跟阿康說清楚。

「你們……你們說話了?她還拉你書包?」

「對,所以我在想啊,我恐怕不能陪你再等了,可是呢,雞腿是不能退貨……你還是得幫我買一星期的量……喂,你有聽見我說話嗎?」

「這是她碰過的書包嗎?好像很香……」

阿康觸摸我的書包帶,一臉陶醉,不時聞一下。

我錯了,其實她說得對,我們是變態的。

我忘記告訴阿康,我的貓昨晚在上面灑尿……算了,他不知為妙。

休息時,販賣部人來人往,如往常一樣有長長的人龍。

「你連學校也要跟蹤我嗎?變態森。」轉頭一看,小魚剛好排在我後面。

真要命,上天是懲罰我嗎?有這麼巧,明明平常鮮少在學校碰面。

「小魚姐,是我先來的。而且不要再叫我變態。」

「好的,跟蹤狂森。」

「也不要叫我跟蹤狂森!」

「沒問題,色情狂森。」

我放棄了。

「我只是買雞腿。」

當我買完想離開時,卻聽到她跟販賣部姐姐的對話。

「最後一隻雞腿給他買了。」

「啥……」

她又不是我的愛人,只是阿康喜歡她,關我屁事?我肚子好餓,我喜歡滷雞腿,超級喜歡,所以不用讓她啦。

「給妳啦,我還沒吃。」我最後還是讓給她。

為什麼?我也不知道。

但她不可置信,一臉疑惑的眼神,直至我再說:「不要我就拿走啦。」
　　「真的嗎?你人那麼好?」
　　「我剛好很飽而已。」
　　「謝謝你。」
　　她第一次對我展現真實的笑靨。
　　我敢說,那是世上最美的笑容。
　　「今天陪我等嗎?」放學時,阿康過來我的座位問:「你幹嘛發呆?」
　　我的櫃子不知何時多了一小盒巧克力。
　　「你送我的嗎?」我問。
　　「才不是。」
　　我翻了一翻,盒子後面有字條寫道:
　　「變態先生:當還你雞腿。」
　　我撕下,還有一張:
　　「其實你可以光明正大約我一起回家。」
　　我失笑,摸了一摸,後面還有一張:
　　「不過我不會答應變態而已,哈哈。」

#3

阿康如常等待小魚回家，少不了找我相伴。

為什麼仍要陪他⋯⋯因為收了酬勞啊⋯⋯大概是這個原因吧？

今天卻跟往常不同，小魚身旁多了一個女生。

我記得她應該跟小魚同班，叫草草。

草草跟小魚不同，是一個熱情大方的女生，皮膚是小麥色，及肩短髮，身材比較健壯，看得出常做運動。

當我們相遇那時，她已經拖住小魚過來。

「你們也是住這裡嗎？」草草問。

「啊⋯⋯我們是住附近。」阿康說。

我就是，但阿康⋯⋯的確算，如果跟羅馬比起來。

「你長得像我一個喜歡的明星。」草草對著我說，再補一句：「當然他帥得多。」

「誰？」

她說了一個韓國明星的名字，我完全不認識。

只有小魚掩嘴而笑，草草問她笑什麼，接著二人咬耳朵。

「欸？真的？」

「哈哈⋯⋯」

她們輕聲耳語，餘下我們兩個男生尷尬地呆在原地。

草草是一個說話直率的女生，且深懂交際，她只花了一會，就問完我們基本資料，讓大家都簡單地自我介紹。

最重要的是，我們交換了電話號碼。

　　阿康是第一次跟小魚說話，耳朵都紅透了。

　　地鐵穿過黑暗的隧道，迎來晚霞的都市景色。夕陽的黃光灑落在小魚和阿康的校服，閃閃發亮。

　　阿康趁著這個機會跟小魚聊天。

　　「對了⋯⋯啊⋯⋯妳也喜歡喝紅茶嗎？」

　　「欸，你怎麼知道？」

　　「平時休息，不時見妳都會買一罐嘛⋯⋯我、我比較留意別人喝什麼。」

　　「呵，對喔，我喜歡喝茶。」

　　「很巧，我也喜歡。」

　　「喔，是嗎？」

　　「下次休息時，我幫妳買吧，反正順路。」

　　草草在我面前揮揮手，疑惑地問：「我說啊，你幹嘛在發呆？」

　　「沒有啦，我在想阿基里德幾何跟歐陽修散文的關係。」

　　「啥？有關係嗎？」

　　「有，都是我不懂的東西。」

　　她白了我一眼。

　　回家的路上，他們並肩而行，我跟草草同行，草草不斷說服我加入排球隊，我用身子很差、媽媽有門禁、天氣太熱為理

由推掉。

回到家,洗完澡後,我收到短訊,是阿康傳給我。

「我在跟她短訊!!真萬萬沒想到,太感謝草草了!簡直是救命恩人!」

「那就好啦。」

「我們聊得好像挺順利。」

「是喔,那就好。」我發現我辭窮。

接著,我又收到短訊,本以為又是阿康,誰知道是來自⋯⋯小魚。

「阿康跟你一樣是變態嗎?」

我笑了出聲。

「不,他比我變態一點。」

「不不,他應該比你變態少一點。」十分鐘後,她回覆。

「不不不,妳怎麼知道他少點?」

「不不不不,你怎麼知道他多點?」八分鐘後,她回覆。

「不不不不不,我是他朋友。」

「不不不不不不,我是他同學。」七分鐘後,她回覆。

「不不不不不不不,朋友比較厲害吧?」

「不 X 100,你的目光太好色。」五分鐘後,她回覆。

我們到底要「不」到何時。

「對啊,所以阿康是好男生。」

傳送後，不知為何內心有點空洞洞的感覺，腦海不斷浮起一首英文歌，可是我說不出名字，最後我收到阿康的短訊。
　　「成功了，我約她一起吃午餐了。」

#4

　　第二天上學，阿康春光滿臉。當然，他成功約到喜歡的小魚一起吃飯。
　　「那你一會要努力啊。」我說。
　　「胡說什麼，你也要在場。」
　　「為什麼？」
　　「只有我們兩個人，這樣太尷尬了，最好有朋友在場才好。」
　　「我不想當電燈泡啊。」
　　「沒人叫你發光嘛。」
　　尷尬得要命。
　　午餐時，我果然要陪他們吃飯，他們二人坐在對面，我則坐在阿康旁邊。
　　「妳吃什麼？」阿康問。

「嗯……叉燒飯吧。」

「妳很喜歡叉燒嗎?」

「還好啦,不到很喜歡。」

「不到很喜歡又叫叉燒?」

「嗯……沒有什麼其他想吃。」

「妳不喜歡切雞飯嗎?」

「也喜歡。」

「喜歡為什麼不點?」

「欸……今天不想點。」

「為什麼不想點?」

「那個……」

聽到我都覺得尷尬……

阿康是一個努力的人,只不過有時會用錯力度。

幸好草草剛好經過,加入了我們,免得情況繼續惡化。

「你真的好像我喜歡的明星。」草草說。

她又說奇怪的話,但靠她我們這頓飯才不致太尷尬。

阿康因為今天欠交英文功課,被老師罰留校,所以我今天不用等他放學。

本以為是平常的一日,卻又剛好在車廂遇見小魚,她正戴著耳機聽歌。

我得發誓,我沒有跟蹤她。

secret love
four last love
letters to you

「跟蹤狂先生。」她脫下左邊耳機,跟我說話。

「只是剛好,我沒有跟妳的!」我舉起三隻手指說。

「沒事,我已接受你是變態。」她笑說。

「妳在聽歌嗎?」

「要聽嗎?收你十塊錢一秒。」

「日圓嗎?」

我們相視而笑。

她給了我左耳機,戴上後聽到一首熟悉的旋律。

「這首是什麼歌?」我急問。

「〈Wonderful Tonight〉。」

這時,不知從哪的清風吹過,陽光暖送,最後一股電流傳入心坎。

我抬頭望著她的眼睛,發現了一顆最閃亮的星星。

I feel wonderful

Because I see the love light in your eyes

凝視十秒後,她不知所措地挪開視線。

「幹什麼?」她問。

「沒……沒想到妳這麼老派,會聽老歌。」

「老歌才是寶。」

「沒啦,我也喜歡老歌,例如〈Nothing's Gonna Change My Love for You〉、《Hard to Say I'm Sorry》、《Let It Be》……」

我說完話後,她眼睛發光似的。

「我也喜歡這些!你別抄襲我好嗎?」

「我才沒有!〈Right Here Waiting〉有聽嗎?」

「我超愛這首,考試時經常會聽這首!」

「竟然?我身邊沒有什麼同學喜歡。」

「是喔!大家都說太老,寧願聽日文和韓文歌。」

我們聊起英文歌,上至歌曲下至英文歌手都聊了一遍。

離開車站、坐在附近公園、到商場逛逛,沒想到一聊就是一小時多。

有許多話想說,可是天色已黑,最後依依不捨地送她回家,臨進門前,她想起什麼的提起:

「對了,你朋友明天又約我吃午餐。」

「是喔,那不就是很好嗎?」

「有點奇怪。」

「他擺明是喜歡妳。」

「跟你一樣嗎?」

「……」

她伸一伸舌頭笑說:「開玩笑的啦,別當真,再見變態先生。」

我呆在原地，我知道她剛才的確是在開玩笑，但我的心仍舊怦怦的急速跳動，腦海仍是迴盪那首歌。
　　我想、可能、大概我生平第一次喜歡上一個人。

　　#5

　　「你近來好像跟她不錯喔。」阿康放學時說。
　　我們坐地鐵回家，如常的路線，經過五個車站後到達轉車站，通常我們都在這裡等待小魚回家。
　　車廂的冷氣呼呼而出，猶如一個生氣得冒煙的老人。
　　「什麼意思？」
　　「她經常提起你。」
　　「是嗎？」我心中暗喜。
　　列車在地洞急速駛過，發出嗚嗚哀聲。車廂的人、扶手不自覺地都隨之左搖右擺。
　　從車窗的倒影，看見阿康正盯住我。
　　下一秒，我才意識到問題。
　　「怎麼了？」
　　「是我喜歡她先的。」阿康說。

「我知道你喜歡她啊。」

「所以……」

阿康這一句，在口裡咀嚼甚久，快要融化之際才吐出：「所以……你可以不要喜歡她嗎？」

不知為何，我們這個車廂顯得甚為寂靜，平常總會有哭泣的嬰兒聲、幾個師奶圍在一起的高談歡笑聲或是大叔看劇不用耳機的吵雜聲。

今天鴉雀無聲，大家都低頭看書、看手機。我想有一點聲音去掩飾一下我們之間的尷尬。

「你答應我，不要追求她好嗎？」

我跟阿康之間，是否變了電視劇一樣？我從沒想過現實之中，會有朋友求我不要跟他搶女生。

阿康的眼神是真誠的。

我想能說出這樣的話，也是不容易。

我用沉默回答了阿康。只有車廂的嗚嗚叫聲。

遇見小魚後，我們一起回家。她已經習慣我們會陪她走一段路。

一路上，我都沒有說話，只有阿康獨自跟她對話，有說有笑。

回到家後，她跟我們揮別。

阿康也回家，最後他跟我說了一句：「謝謝。」

快到家樓下時，我卻收到小魚的電話。

「你回到家了嗎？」

「還沒啊。」

「那麼，可以出來？」

　　步出大廳，見到小魚正站在門口。

「你今天不舒服嗎？」

「嗯……沒有啊。」

「怎麼你好像不舒服。」

「有嗎？」

「你完全沒有說話耶，也沒有笑過。」

　　難道我可以跟她說，是因為我朋友不喜歡我們太親近？

　　其實愛情是否可以這樣禮讓？可以分先後？我真的不知道。

　　我不想失去友情，也不想違背自己的心。

　　當然我知道，其實小魚不一定是喜歡我，她可能只當我是一個普通朋友。

　　所以，阿康的要求……其實不難達到吧？

「今天心情有點不好而已。」我說。

「跟我來啦。」

　　她帶我去到她家樓下一個公園。我們坐在其中一張長椅。她指著晴空說，當她不開心就會到這裡。

「只要望著天空，將你的煩惱都放上去就可以。」

「怎樣放？」

「說出來。」

「默唸可以嗎？」我說。不希望她知道。

「當然可以。」

說完後，她把耳機遞了給我。

「說完後，聽歌就會開心起來。」

不知是有意還是無意，耳機播的是〈Cry on My Shoulder〉。

But if you wanna cry

Cry on my shoulder

If you need someone

Who cares for you

If you're feeling sad

Your heart gets colder

Yes I show you what real love can do

「妳知道嗎，聽歌能知道人的性格。」

「真的嗎？」

「真的啊，就像喜歡古典樂，對音樂旋律的欣賞能力強，個人比較有耐性和平穩，最重要……家境應該不錯。」

「哈,這是你亂謅的?」

「這是我的觀察啦。」

「那麼其他呢?」

「喜歡搖滾樂的人,可能都注重自由,個人比較活潑與外向。」

「還有呢?」

「重金屬的,都是喜歡表達對社會不滿與抗爭,很有主見。」

「不錯嘛,那如果是喜歡老歌呢?」

「喜歡老歌的,個人比較念舊,會常常緬懷過去的時光。如果老歌類型多是愛情,那麼可能經常留戀逝去的感情,難以走出感情的陰霾。」

我說完後,發覺小魚正凝望我,瞳孔放大。

我們都沒有說話。

只有風嗚嗚作聲。

#6

我經常都遇見草草。不是因為她跟我同班,而是我坐在教

室靠近門口的位置,無聊時就會呆望走廊,而草草經常都會於上課時間上廁所。

她每每經過我教室,都必會跟我打招呼,當然是偷偷地打……在老師未察覺時。

草草是一個奇怪的女生。

她中文課去一次廁所、英文課去一次,接著的數學課也去一次。

到底她的膀胱有多小?

午休時,我剛好又在走廊遇見草草。

「草草。」我叫住她。

「什麼事?」她應該沒想過我會叫她,她的反應是感到驚奇。

「我有一個親戚,妳要見嗎?」

「親戚?我為什麼要見你的親戚?」

「他是泌尿科的醫生,對於解決小便問題應該有一手。」

「我有什麼小便問題……」她開始皺眉頭。

「不用擔心我會跟人說,其實頻尿也不是什麼醜事,及時醫治才是真正的解決方案。」

她大大力踩我的鞋,毫不猶豫的,「啊」的一聲,痛得我淚水都流出。草草是直率的女生,打人也不留情。

「不要以為你像我喜歡的明星就可以亂來!」

「啊啊啊！好痛！」我抱腳慘叫：「妳不斷去廁所，不是頻尿是什麼？」

「關你屁事！」

而自此，我果真少見草草再去廁所，至少次數減了三分之二。

我想，她變得用力忍尿了，其實這樣也對身體不好啦。

我想過將這件事跟阿康講，不過近來他對我冷淡，我們之間也少了對話，連吃飯也沒有一起。

唉。

「今天我約了小魚一起回家。」阿康在放學時找我。

「喔？」

「你⋯⋯可以遲一小時才回家嗎？」

「⋯⋯可以啊。」

「謝謝你。」

放學時，小魚來我們教室，阿康收拾好書包出門口，她見我不動就問：「你不一起走嗎？」

「喔，他有事要留在學校啊，晚一點才走，我們先走吧。」阿康搶先替我回答。

「好啦⋯⋯再見。」小魚跟我揮別，便跟阿康雙雙離開。

我百無聊賴坐在教室，眺望他們遠離的背影，有種不知怎麼形容的心情。

深深吸一口氣,再呼出口。

還是不能形容。

「你還沒走嗎?」草草又經過我們教室上廁所,終於忍不住嗎?

「沒啊,要等阿康他們先走,我才可以走。」

「呵呵,你讓愛嗎?」

「什麼?」

「你不是喜歡小魚嗎?」

當有人道出自己暗戀他人的事實,是複雜的心情,一來是開心,二來是擔心。

「沒有啦。」

「不用騙我啦,我都看得出來。」

草草說她沒事可以跟我一起回家。

我想,她真是一個好朋友。

回到家後,小魚又再短訊我。

「你今天有什麼事?沒有你有點無聊。」

「沒啊,就是一點事。阿康陪妳回家不好嗎?」

「也不是啦。但你不像有事。」

「他陪就可以啦。」

「你以後不一起回家嗎?」

「他有說過,不希望我跟妳太親近啦。」

「你是在讓給他嗎？」

我感到面紅耳赤，全身血液滾熱，心臟急得要跳出來。

隔了一會，我再收到一封短訊，幾乎令我心臟病發作。

「如果我說，我不希望你讓給他。」

#7

星期五的早上，我早早出門，昨晚實在太難入眠。

平常我不會坐巴士上學，這早上忽然心血來潮，心想偶然換一條路也不錯。

到車站，卻發現小魚正在排隊等車。可惡，偏偏這時遇上最不想遇見的人，我都不知道她平常是搭巴士上學。

因為我沒有回覆她。

昨晚收到她訊息後，我看了她的訊息一整晚，是字面意義上盯著看一晚。我煩惱著我該回些什麼，時間一分一秒地過去，越遲越難回覆。

等著等著，開始變成深夜，她應該睡了吧？還是不打擾她好。

就這樣，我一整晚都沒回她訊息。

「早啊。」

我呆在原地之際,反而是她瞥見我後,主動向我打招呼。

「早啊⋯⋯」

「你吃了早餐嗎?」

「還沒。」

「我吃太飽。你要嗎?」

她將手上的燒賣分了一半給我。

「喔⋯⋯謝謝。」我心虛地接過。

幸好⋯⋯她也沒在意我沒有回覆她的訊息嘛。

吃燒賣時,我不小心打了呵欠,她沒來由一句:「你這麼睏嗎?」

「一點點啦。」

「不可能啊,昨天你明明很早睡啊。」

「妳怎知道我早⋯⋯」我下一秒意識到,她在諷刺我睡著沒回覆她的訊息,如果不是,那麼我就是故意不回覆。

好傢伙,她其實是在意嘛。

「哈,對啊⋯⋯」我以笑掩飾。

坐上巴士後,我有點遲疑地坐在她的旁邊。她拿出耳機,問我要聽嗎?我說當然好。

是〈Right Here Waiting〉。

Oceans apart day after day

And I slowly go insane

I hear your voice on the line

But it doesn't stop the pain

If I see you next to never

How can we say forever

　　我偷偷觀察她的側臉，她側臉的輪廓很美，標準的瓜子臉，皮膚白嫩，而且頭髮秀麗，美得我不懂形容她。

　　我們戴著同一耳機，聽著同一旋律，從上車直至下車。

　　「你喜歡這首歌嗎？」她問。

　　「超喜歡。」

　　我們又聊起歌來，聊著同一興趣，再慢慢開拓新的話題，才發現我們有許多地方相似。

　　不論是電影還是歌曲還是喜歡的作家。

　　「胡說！這明明是我喜歡的！」

　　這是我們最常說的話。

　　我們就似另一個失散的自己。

　　靈魂共鳴的感覺。

　　「星期六你有空嗎？」她問。

「有啊。」

「逛不逛書店?我有幾間書店推薦你。」

「可以喔⋯⋯就我們兩個?」

「我們兩個。」她又說了一遍,我感覺空氣充滿曖昧。

「可以的⋯⋯」

「記得準時,不要像你的訊息一樣⋯⋯遲到。」她嘲弄我一下。

不知為何,我有不好的預感。

臨進校前,她又回頭補多一句:

「還有,不要再偷看我,我知道的,變態先生。」

她發現了?

「不是不是⋯⋯」我慌張失措地說:「對不起⋯⋯」

「我的意思是,你可以光明正大一點。」她笑著說。

#8

回到學校,我聽得最多的一句是:「你怎麼滿臉春風?」

「才沒有。」我說。

「屁啦,你嘴角含春一樣。」同學們都說。

是啊，其實我內心是喜悅得無法言語，因為能跟小魚兩個人逛書店。
　　算約會嗎？應該算吧。
　　正常我沉醉快樂之際，阿康走過來問我。
　　「星期六你有空嗎？一起去打電動吧。」
　　「呃……我約了人。」
　　「誰啊？有什麼重要得過打電動。」
　　的確很少東西比打電動重要，不過恰好那人確是。
　　「我們先約了，沒法啦。」
　　「平時你星期六都不會出門，哪個男生會約你？」阿康頓了一頓，盯住我問：「是女生？」
　　「嗯啊。」
　　「是小魚？」
　　我默然不語。
　　他大概已知道我默認。
　　「阿森，你還當我是朋友嗎？」
　　「當然。」
　　「你明知道我喜歡小魚，我又告訴過你，你還追她？」
　　「我沒有追。」
　　「那她倒追你？你就那麼帥？全世界女生都倒追你？」
　　「不是，你不用太大反應啦。我們只是比較好聊的朋友，

想一起逛書店而已。」

「如果是朋友去逛街,帶我去應該沒問題吧?」阿康說。

我嘆了一口氣說:「我不知道人家介不介意。」

「朋友約會,有什麼介意不介意。」阿康說:「你們在一起了嗎?」

「沒有。」

「是約會嗎?」

「不是。」

「那就沒問題了。」

「……」

「我也相信你不是那種會橫刀奪愛的男生。」

阿康越是這樣說,我越難過,彷彿我跟小魚再近一步就是問題,對他不忠不義。

我不知道。

「你要追她,不要我們的友情的話,請告訴我。」阿康如此說。

星期六見面時,除了阿康,還多了草草來,我知道是阿康叫她,免得三人行尷尬。

「對不起啊。」我偷偷跟小魚說。

「什麼?」

「本來只有我們兩個,現在……」

「不要緊啦。」小魚說。

「那就好，我怕妳會生氣。」

「我為什麼會生氣呢？」

她的表情彷如平常，我都看不出她是在意還是不在意。

兩難局面，如果她不在意，我會鬆一口氣，但如果她真的不在意，我又開始擔心，其實一直以來是我多想。

感情真複雜啊。

變成四人的會面，感覺好無趣，全程阿康都抓緊機會與小魚聊天，相對之下我跟她只有寥寥數句。

我也不敢聊得太多。

「喜歡的女生快被朋友追走都無所謂嗎？」草草跟我一起時說。

「我們又不是什麼。」

「你早晚會後悔。」

我們逛了好幾間書店，草草已經大喊無聊，阿康則是不斷打呵欠，可是礙於小魚喜歡，他假裝對書有興趣，不斷聊小魚喜歡看什麼書。

這時代會看書的人已經越來越少，所以才顯得我們投契。

可是嘛，小魚跟他聊得也挺開心。

其實，她不是只對我一個好吧。

「下次我們再約吧。」分手前,我聽到阿康私下跟小魚說。

而小魚望了望我,說:「好啊。」

本來的兩人約會,就莫名其妙散了。

回家後,小魚沒再回我訊息。

好吧,可能她是生氣?還是她在忙著跟阿康聊天。

不知道。

好像沒什麼資格去追問。

難過得不知怎麼辦時,忽然收到一通來電。

是草草打來的。

「喂,大愛的同學,你睡了嗎?」

「還沒啊。」

「可以陪我聊天嗎,我很無聊喔。」

「為什麼找我,我也是無聊的人。」

「因為你像我喜歡的明星嘛,我早告訴你了。」

「他很帥嗎?」

「很帥。」她遲疑幾秒後再說:「不過你沒他帥。」

「哈哈,那妳找錯人聊天嘛。」

「我沒告訴你嗎?我本來……就喜歡不太帥的男生。」

#9

「我沒告訴你嗎?我本來就喜歡不太帥的男生。」
我錯愕。
「呵呵,糟了,妳一定討厭死我。」我打圓場說。
「你少自大啦。」
她被我的話逗笑,笑了足足幾十秒。
有這樣好笑嗎?
話說,草草常常在我面前笑,無論我說什麼爛話她都能笑一頓,害我開始以為自己是幽默型男生,自信滿滿地跟周圍人說笑話,製造冰暴,冰封了不少場景和對話。
「森,你能不能閉嘴,是嫌天氣不夠冷嗎?」其他人說。
回到我跟草草的對話。
「我的字都很少,我不『字大』的。」
「好煩啊你。」
話筒另一端,又傳來咯咯的笑聲。
「妳的笑點真低。」我終於明白原因。
「不是啦,你說話很好笑喔。」
好笑?
從來沒有人誇我說話好笑,只有讚其他兩樣好笑,一是我的樣貌,二是我的人生。

「哇，你的樣子好好笑。」

「你的人生爛成這樣有夠好笑。」

大概只有上面兩種，讚我說話好笑的從來沒有。

「快笑死我。」她說。

「『我笑死了』放在靈堂橫額也是不錯。」

「哈哈……」

我懷疑她根本是騙我嘛，怎可能這也笑一頓。

「草草，妳是不是有笑笑病。」

「你才有病呢，想讓愛給自己朋友。」

草草的話令我語塞，之後怎樣掛線我已經不記得。

只顧著望手機，仍然沒有訊息。

小魚沒有應我。

一種落寞感油然而生。

我跟小魚……好像冷戰了，不知怎地。

第二天，我故意坐巴士上學，不見她的蹤影。

好不容易等到休息時間，她又留在教員室找老師問功課。

走廊遇見時，她好像聽不見地直行直過。

再等到午餐時間，心想她無處可逃了吧？

「小魚！」

「嗯？」她轉身望我。

「妳怎麼……」

secret love
four last love
letters to you

我都還未說話,阿康趕過來插嘴說:「小魚,上次妳想聽的歌手,我找到 CD 了。」

他揚揚手中的光碟,跟小魚談起音樂。

阿康盯得她很緊嘛。

看他們談得那麼開心,我就只好默默離場。

我決定私下再傳訊息問她。

「妳生氣了嗎?」

再傳更多訊息問她。

「放學去不去溜冰?」

我們的學校鄰近商場,商場有溜冰場,放學時不少學生都會選擇溜一下冰才回家。

我想,約她溜冰以示歉意應該可以吧?

放學後,我一人在溜冰場滑來滑去,等待小魚到來。

說實話,我也不知她來不來,她沒有回應。

腳滑一下,越過一對情侶,前面又是一對牽手的,越過他們,又來一對擁抱的、一對親吻的、一對伸手入⋯⋯

去開房好不好?

該死的,怎樣全是情侶?

溜了一會,終於有我們學校的人出現。

小麥皮膚的,不是小魚,是草草。

「這麼巧?」她說:「我今天剛好想溜冰。」

真的那麼巧合？我心裡問。

「是喔，妳追星不要這麼明顯好嗎？」

她又笑了。

「可以一起溜嗎？有些話想跟你說。」她往我方向滑來。

不知不覺，她離我越來越近。

#10

「嘩。」草草滑過來之際，稍微不平衡，我下意識伸手扶住她，她遞出左手，一合，暫時站穩住腳。

「嚇死我。」她笑說。

這時我意識到，剛才的意外讓我們牽住手。

放開手是簡單的動作，只需輕輕鬆開拇指外展肌，其餘四指的展肌放開、手指伸直就可以了。

問題是何時放？

放得太急，怕她誤會我嫌棄；放得太慢，更怕她誤會，誤會我對她有意思。

在猶疑不決間，她竟走在我前頭，反過來拉住我繼續向前溜。

「喂喂喂……」

「衝啊！！」

她像牽狗般牽我，失了控地往前衝。

「等等等等，太快了！」

「衝啊！！！」她的耳朵已聽不見任何聲音。

我們兩人變成火箭般極速穿越無數人，最終不受控撞向牆壁，兩個人笑成一團。

「妳幹嘛，傻了嗎？」

「不覺得好玩嗎？」她仍是狂笑。

草草是一個容易令人快樂的女生。

「我們差點死耶。」

「死在這裡至少不錯。」

「為什麼？」

「不告訴你。」她一臉神氣說。

「什麼鬼啊，奇奇怪怪。」

「你才奇怪呢，自己一個人來溜冰。」

「我不是自己來的。」

「那麼是小魚嗎？」

「是啊……她跟你講的？」

當草草出現，還說出小魚這個名字，我就大概猜到她不會來。

「你果然喜歡她啊。」

「不是啦,純粹有話想跟她說。」

「我也有話想跟你說啊,你都不聽我講。」

「我沒有。」

「有。」

她假裝生氣,溜開別處去,我只好尾隨她。

「喂,妳可以講啊。」

她繼續溜,絲毫沒有等我的意思。

「不說。你都不想聽。」

「我又沒有掩著耳朵。」

「你的心不想聽。」

「啥?」

「是我自己想來。」

「啥??」我更不解。

她終於停下,冷不防的一句:「你這樣還不明白嗎?」

我緊張得不知所措,草草的話好像是表白。我生平從未被人告白過,連自己向女生告白也未試過。

我?憑什麼有人喜歡。

有人告白是一件開心的事嗎?有人喜歡自己固然值得高興,但當你回應不了她的感情,那就不是一件喜事。

世上有沒有兩全其美的方法?可以解決事情,又不會難看,

讓她不失面子……可是我真的不知道該怎樣做。

「我……妳說什麼，我聽不明白。」

「那就算了吧。」

小魚果然最後沒有來。

溜完冰後，草草說，她今天坐巴士回家，就不跟我到地鐵站。

臨別前，她說：「其實你是明白的，對嗎？」

回家的路途，我一直在想，我是不是做錯了？

無意識的，我打電話給小魚。

「妳今天怎麼沒來？」

「我又沒有答應你。」

「那妳也可以跟我講啊。」

「草草……她沒有去嗎？」

「妳幹嘛讓給別人來？」

「那你也幹嘛讓給別人來？」

我的心漏跳一拍。

「妳在生氣喔？」

「……」

「我才沒有。」

「明明就是。」

「那我現在問你一個問題，你認真回答我好嗎？」

我意識到，這答案可能會改變我們的關係。

#11

我緊握手機，等待電話另一邊的聲音。
良久，小魚終於開口問：「你覺得愛情有先後次序嗎？」
這真是一個好問題。
正當我還在思考時，她又再解釋。
「就是如果一個人先喜歡另一個人，是不是就理應他優先去愛。」
「應該也要看被愛者的態度吧，不一定先愛就能互愛。」
「但情侶不就是是先到的概念？代表已有他人。」
「關係應該不關先後的事，而是緊扣承諾的概念。」
雖然隔著電話，但我感到她佩服我的答案。
「但如果那個人是你的朋友，跟你喜歡同一個人，你會讓愛嗎？」
不知為何此刻的我，分不清小魚這問題是說我，還是說她自己。
「啊……」
「就是友情重要，還是愛情重要？」
「我覺得不是這樣分。即使讓愛，也不一定有結果。」
「所以你的答案是？」
「小姐，這已經是第五個問題耶。妳用盡了今日的限額，

明天請早。」

「阿森,你除了變態之外,還斤斤計較。」

「這不是計較,這是公道。」

「我回答了妳四題,妳回答我一題應該可以吧?」

「可以。」

「妳覺得阿森這個人怎樣?」

「……」

「怎麼不回答?」

「先生,這已經是第二個問題。你用盡了今日的限額了,明天請早。」

「妳何時回答我了?」

「有啊。你問我可不可以回答你問題,我說『可以』時已經回答啦。哈哈。」

「……妳好斤斤計較。」

「這不是計較,這是『以道』。」

「什麼鬼以道,我剛才明明說公道。」

「不不不,這是『以其人之道,還治其人之身』。」她笑說。

這個女生很會嘛,很難不喜歡她。

我相信她一定迷倒許多男生。

「小弟甘拜下風。」

「不敢不敢,請平身。」

「所以……妳不氣了。」

「我從來沒有氣過。」

我才不相信她呢。

「你知道學校聖誕會有一個舞會嗎?」

「妳會去?」

「你不會嗎?不是大家都會去?」

「不知道啊,好像不關我事,反正我都是坐在一旁。」

「呵呵,你要努力找舞伴啊。」

「什麼意思?有人找妳?」

「不告訴你。」

「……」

「不過這是之後的事了。」

「所以今天我最後什麼答案都沒有嗎?」

她想了一想說:「那我告訴你一個秘密,當是補償啦。」

「什麼?」

「今天我留校要練琴。」

「所以妳很累要掛線了?」

「不是,你忽然變笨了,明明剛才回答得挺好的嘛。」

「……所以妳才沒有來溜冰?」

「不是呢變態先生,你還是沒明白最重要的。」

「什麼?」
「我沒有讓過。」
她輕聲說。

#12

聖誕舞會,其實不過是聖誕日放學後的一個活動,但校內每一個人都期待已久,大概這樣的交誼活動在鬱悶的校園生活之中是罕見的。

因此當晚各人都爭相打扮,可謂百花爭豔,每人都想表現自己最好的一面。男的整齊西裝,厚厚髮蠟抓頭,造型鮮明,髮高如東京鐵塔;女的盛裝豔裙,不相襯的粉底塗於稚嫩的臉,想攀附出成熟感。

「喂,你看你看,那個女生化妝化得像猴子屁股。」阿康笑說。

「放尊重點啦。」我說。

「那她化妝時有沒有尊重過我。」

「⋯⋯」

我跟阿康坐在禮堂的一旁,活動剛開始,人流不算多,大

家陸續前來。禮堂正中是舞池，已有數十個人正在跳舞，不少是女女相伴，男女跳舞的仍只佔少數。

　　「你找了舞伴嗎？」阿康問我。

　　「沒有啊。」

　　「一個都沒有嗎？」他再問。

　　我開始意會到，他的問題其實是，我是否有找小魚做舞伴。

　　「你呢？」我反問他。

　　「你一定知道我找了人，不過不知道她⋯⋯」他停頓了一下，再問：「你會找她嗎？」

　　「大概⋯⋯」

　　「你可以答應我不找她嗎？」

　　「為什麼？」

　　「朋友的要求也不可以答應？」

　　「阿康⋯⋯我不想說可以。」

　　「為什麼？」他不解。

　　「因為愛情是自由的。」

　　這時草草到了禮堂，今晚她穿了一條奶黃色的碎花長裙，還挺符合她熱情的形象。她來我面前問：「哈，你穿西裝的樣子還挺帥的嘛。」

　　「妳也很漂亮啊。」

　　「呵呵，你也會亂說話。」

「我只是說了真話。」

「你找了舞伴嗎?」

「還沒。我猜我今天要坐在一旁直到完結。」

草草環顧了四周,伸出手來問:「好悶。那……你想跟我跳一支舞嗎?」

「呃……」

「沒有什麼意思,朋友也不可以?」

「當然可以。」

我接過她的手,她的手好暖,如同她的性格。

幸好這時人數開始多了,我們慢慢隨著音樂融入舞池。

我從未跟女生跳過舞,更別提要緊抓住她的手和腰,我都快緊張死。

「喂。」

「嗯?」

「你好緊張?」

「才沒有。」

「你的臉超紅的。」她嘲笑我。

「……」

「我是不是奪去你的第一次?」

「胡說什麼鬼。」

「你越來越不像我喜歡的明星了。」

「這個嘛⋯⋯是好事還是壞事?」

「可能是好事⋯⋯現在你聽得清楚我說話嘛。」

「清楚啊。」

「那你可是逃不掉。」

「什麼?」

「問你最後一次,你會想今晚跟我繼續跳下去嗎?」她忽然低頭,聲線變輕。

這時小魚剛好步入會場,目光正落在我們身上,同時阿康也正步向她。

「怎樣?最後一次機會。」草草再問。

阿康已在小魚身邊,正要邀請她跳舞,而草草正詢問著我。

「怎樣?最後一次機會。」

#13

「我會想跟妳繼續跳下去,以後都可以⋯⋯以朋友的身分,但今晚抱歉,我有其他更重要的人想陪伴。」

說實話,當我說完這句話時手不禁抖震,不是因為別的,而是拒絕人原來需要莫大的勇氣。

說真話的勇氣。

草草沒有我預期般發火,僅淡淡一笑。

「果然還是喜歡小魚?」

「呃⋯⋯嗯。」

「你這次不讓愛嘍?」

「我決定了。」

「那你這麼果斷,反而真的不再像我喜歡的明星了。」

「喔?」

「加油吧,再不放手我當你想留下嘍。」

草草放開搭住我肩頭的手,眼神望向小魚。

「再不去你朋友就要搶走了。」

「謝謝妳明白⋯⋯」

小魚今晚穿了一條吊帶的黑色修身長裙,清麗大方,她沒有化妝,相對樸素自然,但她的清樸卻勝過許多女生。

阿康已伸手邀請小魚:「May I?」

小魚正猶疑之際,我也及時趕到,伸手邀請:「May I?」兩個男生同時邀請她。

「為什麼?」阿康驚訝問,似乎沒有預料我有這一著。

「因為我也想邀請她。」

「為什麼想?」他再問。

「阿康,我知道你喜歡她,我們是朋友,但我不想對自己

不公平，」我說得肯定：「希望跟你公平競爭。」

「因為我也真的喜歡小魚。」我再說。

阿康沒有再說什麼，只是默默低頭。

音樂響起，是我喜歡的一首歌。

我們二人的手懸在半空，等待小魚的答案。

「謝謝你的邀請，阿康。」小魚說，然後將手放在我手掌。

「不要緊。」阿康苦笑一下：「其實我也早就明白妳心意，只是一直接受不了，是我對不起你們。」

他退出會場，留下我們。我們二人慢慢移至舞池，隨音樂融入舞蹈，只是我比剛才緊張得多，腳步凌亂，節奏奇怪，幸好有她牽帶住我，我才重新找回節奏。

我們同一節奏，享受著舞蹈，彷如二人融合為一。

Baby, I'm dancing in the dark, with you between my arms
Barefoot on the grass, listening to our favorite song
When I saw you in that dress, looking so beautiful
I don't deserve this, darling, you look perfect tonight

她的髮香、她的肌膚、她的笑容⋯⋯一切一切都令我意亂情迷。

她的眼睛好像星星投進河裡般亮麗水柔。

「親愛的變態先生怎麼了?你好緊張。」她笑問。
「沒,妳好美……」
「現在的人都習慣這樣稱讚人?」
「沒有啊,就妳一個。」
「但你好像要心臟病發了。」
「因為跟妳太近了。」
「我要不要遠一點,我不希望你病發呢。」
「不要啦。」我緊張地抓緊她的手。
「剛才你說得挺大聲嘛。」
「我怕我再不說出口,妳就會離開。」
「我喜歡你剛才那句話。」
「哪句?」
「你知道的。」
「我不知道呢,妳說清楚一點,我說過無數話啊。」
「衰人。」她柔情的一句。
「『我喜歡妳』那一句?雖然我還是不太習慣說出口。」
她噗嗤一笑,說:「那你以後要習慣了。」

因為未來你要對我說很多很多遍。

親愛的這不是愛情

「陳賢，你真是個怪人啊。」楚思蕎厭惡地說。
「妳那麼在意怪人，妳才奇怪。」陳賢反駁說。

#1

火藥味十足，再遲鈍的同學都能嗅到砲彈的硝煙味。
「喂，他們又吵架了？」
「對啊，都不知第幾次了，我只想專心上課⋯⋯」
同學在竊竊私語，他們都一一聽到。
　　楚思蕎不是一個討厭的人，至少班上大部分的男生都喜歡她。她為人爽直，對女生有義氣，而男生都喜歡跟率直大方的人相處。加上她樣貌清純、皮膚白皙，笑起來樣子甜美，許多人都封她為校花。
　　而陳賢則是一個斯文的男生，性格在男、女生之中也受歡迎，雖成績不算好，可是為人風趣幽默，會逗得身邊的人開心，算是不錯的男生。
　　可是沒法子，她不喜歡他，正如他也不喜歡她，二人遇上就像火星撞地球，沒有人知道為什麼。
　　每當教室調位，楚思蕎都會向上天祈求，千萬不要抽到跟

陳賢一起，不然上課一定難以專心聽講；陳賢也會向天后娘娘祈求，千萬不要跟楚思蕎同桌，不然上課只會聽到她唸緊箍咒逼他專心讀書。

「你白痴喔，天后娘是保佑出海，跟讀書有啥關係？」楚思蕎翻白眼問。

「啊，這裡不是海又怎麼會出現海妖？」陳賢也跟著一起翻白眼。

「海妖是說誰？」

「誰應話就是誰啊。」

「所以是你嘍？」

「有沒有自知之明？我是人，怎會是妖。」

「你才沒有自知之明，照照鏡子吧，你是扮人的豬，回去你的豬棚好嗎？」

又是一場漫長的罵戰，上至中文課，下至體育課都沒休沒止，猶如英法百年戰爭一樣纏擾得永不終結，令無數老師都頭痛，想找一個方法治治這兩個頑童。

今年調位，老師決定跟他們開了一個天大的玩笑。

「我們坐在一起？為什麼——？」

清晨，他們剛回教室就看到課室的新座位表。

二人面如死灰，如同遭人宣告絞刑。

調位是學生生涯的一大要事。調好位置，即能跟相熟的同

學每堂都把酒談心，是一件何等美事，但如果跟自己不喜歡的人坐在一起⋯⋯

那就真的⋯⋯

「除非地球要毀滅⋯⋯不不不，地球要毀滅我也不會跟他坐在一起。」思蕎說。

「老師，請把地球毀滅，反正對我來說都是一樣。」陳賢也舉手道。

其他同學都陸陸續續換至新的座位，其中周樂和又藍坐在思蕎他們的後面。

「你好，我叫周樂。」周樂說。

又藍只尷尬地點點頭，沒有說話。

「全班都知道你們關係不好，連其他老師都投訴，真是丟臉死。給我一個學期時間，好好學習愛護同學。」班主任張老師扠著腰說。

對她來說，兩人的存在已經夠煩，一直以來都被無數老師投訴，都不知多少次他們上課時會隔空開火，令她落得管教不力的評價。

張老師可不想再被主任訓話。

「包括你討厭的同學，也要學習如何相處！」她說。

本來班主任課要寫一篇週記，可是張老師特別招待他們，只需要寫一篇名為「親愛同學欣賞簿」，每星期需要互相寫對

方的優點，或是欣賞之處。

這是她想到的方法。

張老師介紹這特別計畫時，班上傳來陣陣嗤笑聲。

「這是什麼發明？」陳賢完全摸不著頭腦問。

「老師，請問要如何寫一樣不存在的東西？」思蕎問。

「學校不只教你知識，還有跟同學要相親相愛。」張老師說：「給我好好相處！我再也不要聽到其他老師投訴你們。」

他們就這樣被逼坐在一起。

陳賢一臉不願意，掛著上刑場般的表情，將桌子挪開半呎。

「你以為我想跟你坐？」思蕎跟著一起將桌子移開半呎。

「我才不想跟妳坐。」陳賢再移半呎。

「我才才不想跟你坐。」思蕎照樣又移半呎。

「我超級不想跟妳坐！」他又照樣移動。

「我超級無敵不想跟你坐！」

「小學雞！」

「幼稚！」

「喂，你們夠了沒有。」相鄰的張天凡罵道，他們都快移至跟他那邊併成三人桌。

身邊同學都嘆氣，他們坐在一起，必定是苦了身邊的同學。

她將白色的筆袋放在二人桌子的中間。

「我不要妳的筆。」陳賢嫌棄說。

「誰說給你用啦,這是楚河漢界,你我不相往來。」

「很好。妳不要過界,不然我跟老師投訴。」

「你才不要過界。」

在後面的周樂目睹這一切,嘲笑一下,跟旁邊的又藍說:「他們真夠白痴對不對?」

又藍仍是沒有說話。周樂心想,她是不是不喜歡自己。

#2

畢竟功課還是要交,苦了三天,他終於能在簿上寫東西。到了班主任課,張老師叫他們朗讀出來。

「楚同學是一個用功念書的女生,她上課很勤奮抄筆記,好像上課是她的全世界。而且我仔細觀察,她的皮膚很白皙細緻,其實挺漂亮……如果地球只剩下她一個女生的話。」

全班竊笑聲。

張老師板著臉叫陳賢坐下。

「思蕎妳來。」

「我覺得陳同學的優點如下:一,專注力,他專注做一件事時,就不會分心,不受他人影響。二,勇敢,他總是敢於表

達自己的意見，不畏他人的目光。」

陳賢臉都紅了，沒想到思蕎竟會真心稱讚自己，而自己竟然如此小氣，實在不夠大方。

「而陳同學最專注做的事就是上課時睡覺，睡到連老師都無法阻止；其次，他總是勇敢地表達那些沒常識的蠢答案，不理世人目光，實在不是一般人能做到。」

全班大笑。

張老師嘆口氣，心想這兩個人沒救了。

日子還是得繼續，有沒有可能化解之間的矛盾？可能需要一些契機。

那天的歷史測驗，史老師鄭重警告，不合格者要罰留校一星期，可是陳賢一題都不會。

平常還有好朋友周樂坐在附近，但他已經調至遙遠的門口。

他滿頭大汗、苦惱萬分之際，思蕎竟然向他伸出援手。

她將試卷移近他的桌子，用眼神表示：「抄我吧。」

思蕎！

對不起一直這麼對妳，這一刻他覺得她簡直是天使的化身，看清楚一點，其實她真的好清純可愛，一副細框眼鏡更是增加幾分書卷氣。

「謝謝妳。」他尷尬地說。

「不客氣。」

可能⋯⋯仇恨真的有化解的一天。

「陳賢，零分，真可惜，你每題都只差一點就正確。」那天史老師發考卷時說。

「啥！？什麼？不可能！」

他轉頭望向偷偷忍笑的她，他明白上了她當，一定是給他抄好後再填回正確答案！

「幹！楚思蕎妳這個毒女人。」

「如果你一早有溫書的話，又怎麼會錯？」

「妳死定了，我一定會報仇！」

「走著瞧。慢慢留校吧你。」她吐舌頭，扮起鬼臉。

#3

秋天是戀愛的季節，颯颯的北風是最好的證明。

「因為人會冷，會想找一個人擁抱取暖。」這是周樂說的天氣戀愛理論。

「為什麼人不直接跟暖氣機談戀愛？」陳賢問。

「在天冷的季節，談戀愛的機率會增加百分之三十二左右。」周樂說。

「132% 也不錯。」

「你數學是哪個老師教的……」

「跟你同一個。」

「那難怪。」

秋天雖不常下雨,可是秋雨一來,總會下得一發不可收拾。經過一星期的留校,終於來到最後一天。

「你沒帶雨傘嗎?」放學時,陳賢看見張芷琳一人佇立在校門發愁。

「嗯。忘了帶。」

「去地鐵站嗎?我有雨傘。」

如果是他的死敵楚思蕎,他一定加幾聲恥笑聲,頭也不回地離去。

但張芷琳是班花,這種憐香惜玉的道理他還是懂得。

兩人漫步於大雨中,眼望之處盡是朦朦朧朧,伸手不見五指,一切只有雨霧。

「你跟思蕎感情很好喔?」張芷琳打開話題。

張芷琳是一個溫柔的女生,就像小說中走出來的人物,那些嬌花大小姐,總是滿臉笑容、有禮和氣質,而且說話很輕。

「哈?誰會跟那個巫婆好感情。」

「至少每天吵鬧也不錯。你們很好笑。」

「好笑?我每天都快被氣死。」

「你們是男女朋友嗎?」

「當然不是,妳幹嘛這麼關心我?」

「我對有趣的人都會很關心啊。」

陳賢的手心出汗,心想奇怪,這麼冷的天氣還會冒汗。

「妳知道嗎?秋天是戀愛的季節。」他避免尷尬,只好搬出周樂的理論。

「是嗎?那剩下的春夏冬呢?」

呃。沒問周樂。他唯有亂掰:「分手的季節。」

張芷琳哈哈大笑,無論陳賢說什麼她都會給反應,讓他覺得舒服。

她對人溫柔的態度,是不少男生愛慕的對象,當然陳賢亦一同視她為女神看待。

「陳賢,我們好像同班了三年。」

「有這麼久?真的是耶。」

「我們都沒一起出去玩過。」

「又真的是耶,從來班會活動都沒有一起過。」

「你到底要說多少次真的是耶。」

「嗯⋯⋯給妳發現嘍。」

「趁著秋天的季節,你不會有什麼想跟我說嗎?」她眨動水光柔盈的眼睛問。

「對,妳記得明天一定要還雨傘給我,不然少了一把雨傘

我媽會罵慘我。」

「……還有呢？」

「還有？」陳賢苦思，張芷琳望著他的時候，不知怎地有一種無形的壓力，彷如靈魂被吸去，讓他的腦袋當機，無法思考。

「還有你就不可以說：『我能約妳出去？』嗎？」

「我不可以說：『我能約妳出去？』」

「不是啦，那是問句耶！」

「什麼意思……？」他腦袋終於運行，思索剛才句子的意思，然後說：「喔！！我能約妳出去嗎？……可是去哪裡？」

「這就讓男生去想啊。」她最後說：「我期待。」

我期待。

我期待。

我期待。

這句話一直在他耳邊迴響著……

要跟女生單獨上街嗎？他從來未試過……而且還是張芷琳。

北風吹亂他的頭髮，還有攪動他的心。

秋天是戀愛的季節，颯颯的北風是最好的證明。

#4

回教室時,張芷琳說:「你的嘴唇脫皮了啦。」
「噢,可能因為秋天太乾燥。」陳賢說。
「我有護唇膏,要用嗎?」
張芷琳從書包掏出一支白色的護唇膏,再遞給陳賢。
「不介意嗎?」陳賢問。
「我不介意啦。」
「不,我是在問自己。」
「呵,陳賢!」她輕搥他的肩,不痛不癢。
「我開玩笑的啦,謝謝妳!」
「你待會還給我就可以。」
上課鐘聲響起,他們各自回到自己的座位。
　　自從上次放學,他們約會過一次,只是隨便逛街,然後吃拉麵而已,但之後感情好像昇華了一個層次。
　　大概學生時代,容易跟一個人變熟。
　　……也容易跟一個人不熟。
「你別露出一副嘴角含春的淫蕩樣子好嗎?」楚思蕎翻白眼說。
「有這麼明顯嗎?」
　　思蕎覺得奇怪,平常陳賢絕對會反擊十多句,連自己的筆

袋過界一釐米他也會反擊,這天卻什麼事都沒有,看來只有一個解釋⋯⋯真正的陳賢已經死了。

「不是啦,我覺得爭爭吵吵都是沒有用,不如大家放下屠刀。」他竟然對思蕎露出笑容。

「你是發燒了嗎?」

真正的陳賢絕對死了。思蕎心想。

陳賢塗上張芷琳的護唇膏,是淡淡的橘子味,心中不禁泛起甜甜的感覺,連笑著自己都不知道。他不懂形容現在的感覺,硬要說的話,就像一塊蜜糖在心中融化的滋味。

一整日,他都想著張芷琳。

原來可以想念一個人的感覺是這麼美好。

偶然,上課的途中,張芷琳會不經意地回眸,剛好對上陳賢的視線,這一刻二人彷似觸電。他們二人會不知所措地移開目光。

「放學網咖見?」休息時,周樂問。

「我今天約了人。」

「喔,不要跟幻想的朋友玩太久。」

「幹,你去死吧。」他問:「喂周樂,接吻到底是什麼感覺?」

「啊不就是兩團肉塊互相碰撞的感覺。」

問錯人,周樂是一個奇怪的人。

放學時，陳賢在學校附近的公園等待張芷琳。

他們不想張揚，因為大家暫時都不算什麼關係。學校閒話甚多。這種偷偷摸摸、彷如地下情的關係，讓陳賢覺得跟張芷琳多了共同秘密，誰人都不知道的秘密。

秋天的公園，盡是一道道由落葉鋪成的枯黃色橋路。

「你為什麼一副好緊張的樣子，像密謀什麼大事。」

「才沒有啦。跟美女放學都會這樣。」

「你幹嘛上課一直偷看我。」

「妳不看我怎知道我看妳？」

「是你看得太明顯。」

秋風吹送，楊柳輕舞，猶如一個婀娜多姿的舞孃，向愛情搖曳招手。

秋天是適合親吻的季節。他想起這句話。

「你在想什麼？」

「我在想，葉子到底想不想離開大樹呢？」

「不想也得離啊。」

「還有就是，你就不可以坦白說：『想送我回家？』」

「我不可以說：『想送我回家』？」

「這是問句啊。」

他忽略她的話，指著她嘴唇說：「妳的唇脫皮了。」

「都是你，借走我的護唇膏後沒有還我。」

「對不起嘍。」他拿出護唇膏,卻不打算還她,而是打開蓋,自己塗完,再蓋上。

「真的很乾燥呢。」他望著天空說:「要多塗護唇膏。」

「陳賢!那我呢?」

他輕握著她的肩,凝視著她充滿錯愕的眼睛,輕輕親了她的嘴唇,如同蜻蜓點水般。

「現在塗了啦。」

秋天的吻是淡淡的橘子味,還有溫熱柔軟的觸感,以及冷冷的北風。

#5

秋天是容易受傷的季節,乾燥得連一張薄薄的紙都能傷人。

「啊⋯⋯」陳賢翻課本時,不小心被書頁割傷,血沿皮膚裂口湧出,形成血點。

他痛得流淚。

楚思蕎不經意瞄到他。

「你在生兒子嗎?有那麼痛嗎?」

「關妳屁事啦!」

真正的陳賢回來了,她想。
「嚇死我,早幾天以為你撞鬼,你回來就好了。」
陳賢卻沒有反擊,沒精神地趴在桌面上,一言不發。
「陳賢別睡覺,站起來,這道問題怎麼解?」數學老師忽然說。
「我不知道⋯⋯」
這本來不關楚思蕎的事,陳賢沒有平常吵鬧反是好事,令她可以專心上課,但他這樣反覆的態度令她好奇,她決定午餐時,去跟他的好朋友周樂打聽一下。
「他是怎麼了?」
「他親了張芷琳同學。」周樂沒有語調地說,就像形容一件無聊的事。
「什麼?所以他要坐牢了嗎?」
「那倒不必。」
「所以她賞了他一巴掌?」
「那也沒有。」
「難道她接受了?」
「那又沒有。」
「什麼都沒有。」
「就是什麼都沒有。」
正是張芷琳什麼都沒有⋯⋯曖昧不清的態度,讓陳賢不知

所措。

　　一方面,陳賢跟張芷琳仍是朋友有說有笑;另一方面怎麼他們好像仍是朋友?

　　這是讓陳賢最苦惱的事情。

　　曖昧是甜的,因關係一切都模糊不清、未定義的,有捉不透、摸不著的朦朧美。

　　曖昧是苦的,因關係一切都模糊不清、未定義的,有捉不透、摸不著的不安感。

　　大概,因為他已經表達自己的愛意,將底牌都揭開,仍是曖昧階段的話,會令人不知所措。

　　他們到底是什麼關係。是愛情還是一廂情願?

　　陳賢不知道。

　　「所以妳是在關心他嗎?」周樂問。

　　「我只是希望他不要煩到我上課。」思蕎說。

　　下午的課堂一切如常,陳賢仍是這樣漫不經心。

　　「陳賢,這道問題怎麼回答?」中文老師說。

　　「我不知道……」陳賢說。

　　「坐下好好看課本!」

　　他翻開課本,同樣又被紙張割傷,已經是今天的第二次。

　　「幹又是這樣。」他想把課本撕掉,倏地,臉上被什麼東西襲擊。

secret love
four last love
letters to you

「妳⋯⋯」

「不明白,那就問啊,你白痴喔?」原來楚思蕎扔了一片OK繃給他。

「⋯⋯謝謝。」

放學時,陳賢決定鼓起勇氣約張芷琳見面。

曖昧如在迷霧迷宮裡步行一樣,許多人走進裡面之後,往往都無疾而終。

「你有事要找我嗎?」張芷琳問。

「我想問妳一個問題⋯⋯」

「什麼?」

「我們是什麼⋯⋯?」

秋天是容易受傷的季節,乾燥得連一句話都能傷人。

#6

「對不起,我也喜歡你,可是我不能接受你。」

「跟你一起很快樂,真的!不過我現在不能談戀愛,我爸不可能批准。」

「答應我,努力讀書好嗎?」

「如果你考到好成績,我會很高興,或許之後我就能跟他說了⋯⋯我們還是有機會。」

這是什麼年代了,還來中學生不准談戀愛這一套嗎?

陳賢表白了之後,沒有人知道當天的結果,只知道日子如常。

楚思蕎上課總是專心。陳賢不期然地問:「到底妳這麼認真念書幹嘛?這些知識對未來都沒有用。」

陳賢的「親愛同學欣賞簿」,其中一項有寫過,楚思蕎是認真讀書的人。當然是不情願地寫,但這也是事實。

「為了不變成像你這種人啊。」

「成功人士嗎?」

「智商成功破蛋的人士。」

「幹,現在妳好厲害喔?」

前座的同學插嘴:「她全年級前十名耶。」

「有這麼厲害嗎?」陳賢轉念想:「如果她能教導,是不是我的成績會進步⋯⋯」

他裝出一道溫柔的聲音問她:「楚姐姐,能不能教我讀書~」

「你讀書?」楚思蕎沒有想過能從他口中聽到這句話。

「對~」

她揮揮手說:「不行啦,剛才有個『親愛的同學』質問我

讀書要幹嘛,我都開始質疑自己了。」

「那些是龜公!笨蛋、沒腦袋!不用理會他們～」

楚思蕎睥睨他,大致也猜到為什麼。

只有愛情能令一個男生無緣無故努力起來。

「唉,我有點口渴……」楚思蕎伸一伸懶腰說。

「小的馬上幫楚姑娘買飲料!」

當他跑了好幾層樓梯回來,遞上水後,她說:「哎……我有點肚子餓。」

「幹……」他欲罵之際,態度一秒軟化:「……怎麼不一起說呢?我是怕楚小姐嬌嫩的肚子等太久會餓壞了!這樣就不好。沒問題!我馬上替妳買吃的。」

楚思蕎笑了。

五分鐘後,陳賢帶來一袋燒賣。

「燒賣來說,我媽說沒辣油是不能吃的。」

「妳媽在講什麼鬼話……」

楚思蕎狠瞪著他。

「……太了不起了,怎能對得這麼厲害!?楚母金石良言,燒賣沒辣油真是垃圾,真失職!奴才馬上去加。」

陳賢又跑去地下販賣部加辣油,回來時已經氣喘吁吁。

「小陳子,我看你也挺忠心。」楚思蕎滿意地說。

「是是是,最重要是楚大姐妳喜歡。」

「你要我教什麼?」

陳賢將書包裡所有科目的課本都擺上桌面。

「這算什麼?」

「我上課什麼都沒有聽啊。特別是國文,最悶。我只會『多情自古空餘恨,清明時節雨紛紛』這句。」

「……」

楚思蕎想吐血,開始後悔自己被一袋燒賣就收買了,完全是蝕本生意。

就這樣出現一幅奇怪的畫面,一連幾星期,楚思蕎跟陳賢一起研習功課。

同學都以為自己的眼睛出問題了,包括張老師。

他們竟然有不吵架的日子,還每天一起讀書?

原來,世界是有神蹟。張老師差點感動得哭出來,看來自己的「親愛同學欣賞簿」是有用,不枉自己一片苦心。

最終,陳賢期中考的成績出來了,雖然不算良好,但進步之多也讓不少老師詫異。

「對不起,我是天才。」

其實一切歸功楚思蕎的精讀筆記,但她沒說什麼。

成績出來當天,陳賢滿心歡喜拿著成績表,在學校附近的公園等待張芷琳。

他想給她一個驚喜。

這段時間，他們都各自專心讀書，好一段時間沒有一起放學。

　　大概二十分鐘後，他終於等到張芷琳，只不過旁邊多了一個男生，他們一起並肩放學，有說有笑，還不少身體接觸，彷如一對情侶。

　　那個男生是高年級的學霸。

　　那一刻，陳賢像一隻受驚的鹿躲了起來，深怕他們發現自己。

　　「我們認識這麼久，好像你都沒有約我出去啊？我等你教我功課。」陳賢聽到張芷琳對那學霸說。

　　這對白怎這麼熟悉⋯⋯是她曾對自己說過的。

　　他的心臟停頓。

　　他想起了張芷琳說的話：

　　「我也喜歡你，但現在不能接受你。」

　　「我們現在要專心讀書。」

　　「如果你考到好成績，我一定會很高興。」

　　這是真的嗎？

　　如果不喜歡，為什麼不能直接說呢？還要給假希望？其實這樣不是更傷人嗎？

　　他不知不覺間揉皺了手中的成績表。

　　周樂說：「你知道嗎？90%的『我還不想談戀愛』，真正

的意思是『我不想跟你談戀愛』。」

秋天是戀愛的季節,所以我最討厭秋天。

#7

冬天是分手的季節。

「陳賢,你考得怎樣?」張芷琳問陳賢。

「還好。」

「怎麼啦?」

「嗯?」

「你好冷淡。」

「也合理吧,現在是冬天。」陳賢轉身就走,留下難過的她。

他不斷回想她跟別的男生的甜蜜對話,心又隱隱作痛。

「我想考好大考。」他回到座位後,對思蕎說。

「喔。」思蕎只盯著筆記。

「妳能幫我嗎?」

「為什麼要幫你?上次燒賣已經還清……還清有餘!」

「別這樣啦,我會在『親愛同學欣賞簿』記念妳。」

「多謝，不要。」

雖然如此，思蕎還是有問必答。她只是覺得，教陳賢實際上也幫助自己溫書。有時放學，教室所有人都走光，他們兩個人仍留在教室溫書，直到日落。

呼呼……

陳賢不經意地睡著，頭不知不覺間傾靠於思蕎的肩膀，她怔了一怔，頓時感到那份重量和溫暖。夕陽倒灑了一地金黃的熹光，從玻璃窗折射而來，流落於她的習作簿、桌子、白色透光的校服，染得半間教室都成了橘黃色。

萬物緩流、空氣停頓，她能感受到他的氣息，一呼一吸，一上一下。時間彷彿流逝緩慢。

「哈……」

她瞥到他睡覺時傻笑後，決定維持姿勢。

這是她記得的畫面。

第二天上學，臨近聖誕，他送了一對粉紅色的禦寒手套給她，算是答謝。

「我的禮物呢？」他問。

「送了啦。」她問。

「喂，空氣不算禮物！」

「你找不到我也沒法啊。」

陳賢翻了一下書包，還是沒有。

「喂,問你一下,你很喜歡張芷琳?」

「沒有啊。」

「那你這麼努力讀書幹嘛?」

「天行健!君子自強不息!」

「省省吧。」

他轉開話題:「聖誕節妳有沒有約人?」

「有又怎樣,沒有又怎樣?」

「有會這樣,沒有會那樣!」

正當他們又在鬥嘴之際,張芷琳來到陳賢的座位前。

「陳賢,今天一起放學好嗎?」

「我有事⋯⋯」

「你為什麼要避開我?」

「⋯⋯沒有啊。」

「明明就是。」

「我不能陪妳,妳也可以找妳的好學長啊?」

「學長?我們只是朋友啊,你是不是誤會了什麼?」

「⋯⋯」

「陳賢,我一直都在等你。」

冬天是分手的季節,只不過離開了,他還是在你心中。

#8

「呃,對不起,聖誕節本來約了妳⋯⋯」他對思蕎說。
「不要緊啊,聖誕節當然是跟喜歡的人度過。」
「是我先約妳,這樣會否太衰?」
「我們只是同學而已,沒什麼。」她淡淡地說。
「可是跟她約會,我又不知道要怎樣。」
「笨蛋,行程能表達到自己心意就夠了,重點不是去哪裡,是跟誰一起。」

連聖誕節的約會,都是由楚思蕎為陳賢出謀獻策。節日後,陳賢跟張芷琳正式在一起。

他們在一起之後,度過了人生最甜蜜的熱戀期。

一起牽手、一起吃飯、一起逛街、一起溫書⋯⋯無數次親嘴。

甜蜜且愉快,唯一令陳賢不安的,就是張芷琳身邊總有無數的男生圍著。

她本來就多男性朋友,因這種性格的女生非常惹男生喜愛。

熱戀期時,一切問題都被情感所蓋,但斗轉星移,問題漸漸浮面。

「不要吃醋嘛,他們都是我的朋友啊。」
「可是他們未必當妳是朋友啊。」這是他內心的話,沒有

說出口。結果生了悶氣,她不明白,他也不理解,二人第一次吵架。

「你要讓她知道你想什麼啊,你也應該了解她是怎樣想。」思蕎勸說。

第二次吵架,是因為張芷琳跟前男友見面。

雖然她事先有講明,陳賢也表明他不喜歡,可是沒能阻止兩人見面。

他氣得跟思蕎訴了一整晚的苦。

「未必真的是出軌。問清楚吧笨蛋。」

最後說清楚,張芷琳也只是跟前男友說明他們是不可能的。

每當他們有感情問題,都是楚思蕎一次又一次挽救了他們的感情,彷彿變成了他們的戀愛顧問。

當然有人是不喜歡。

「她一定喜歡你啊,不然怎麼會幫你這樣多,又溫書又教你感情。」張芷琳說。

陳賢不懂處理,直接跟顧問思蕎說明這狀況。

「她誤會啦,我不喜歡笨蛋的。」

「幹,我也說我們是朋友,但她不相信。明明她那麼多男性朋友,卻不喜歡妳?」

「沒關係啦,反正我們也會調位子,就不要那麼多交流了吧。」

「啥？」

「反正你有女朋友，不是嗎？」

「但我們不是朋友嗎？」

「有了感情，當然是以女朋友為先。」

自此之後，楚思蕎就再沒有跟他聊天，一直到畢業的那天。

「畢業了。」他說。

「對啊。」

明明之前熟悉萬分，重新聊天時卻彷如陌路人，可能一方面陳賢也知道自己不方便，因為女朋友不喜歡。

「能在你的衣服上簽名嗎？」她問。

「當然可以。」

楚思蕎用藍色的麥克筆在陳賢校服雪白的位置寫下：「楚思蕎，23070」

「23070 是什麼意思啊？」

「你笨，自然不知道。」

「都畢業了還要損我。」

「呵，謝謝你，再見啦。」楚思蕎報以一個甜美的笑容，便轉身離開。

放學時，清潔阿姨拾起一本「親愛同學欣賞簿」，看來是思蕎遺留在學校。

是故意想丟棄還是怎樣不得而知，但陳賢覺得有紀念價值，所以自己留起。

　踏出校園，他好奇地翻開思蕎那本「親愛同學欣賞簿」，裡面頭一頁都是諷刺他上課睡覺、答錯問題⋯⋯看得他尷尬萬分。

　可是越看到後面，他發現在思蕎的眼中，發掘到許多他自己都不知道的優點。

　「笨，但待人友善。」

　「無聊至極，愛開黃腔，但也算是有義氣的人。」

　「單細胞，但會為愛情努力讀書的人。」

　「也算對人認真。」

　「感情專一。」

　「偶爾爾也挺可愛。」那一頁是素描了他睡覺的樣子。

　他一直翻，翻至最後一頁，裡面只有幾句：

假設人生有 80 歲，

粗略一算大概有 29200 日。

減去還沒認識你的十多年的日子，

大概有 23360 日。

如果生命注定你出現 290 日，

那麼代表你只佔我的人生 290 / 23360。

但我會好好用餘生的 23070 記住這 290 日。

青春是一首雜亂無章的詩，
或許填得匆忙、
不合平仄、
詞藻亦不華美，
只不過多年之後，
那仍是你最喜愛的詩。

secret love
four last love
letters to you

香港版原書名：《戀愛是一首亂七八糟的詩》

後記

　　這本書其中一個故事我一直印象深刻，就是〈經常借我面紙的女生〉那篇。事緣某日收到台灣一位讀者的投稿，說想跟我分享他和女朋友的故事，我看完之後問他，將它稍微改動變成一篇故事跟大家分享好嗎？他一口答應。所以便有這篇真人真事的故事。台灣的讀者大概對故事的用詞及地方不陌生，該保留的我都保留了。

　　當這本書在香港出版時，我也第一時間問那個男生，他答應變成當中一篇故事出版面世。最後我也送了一本書到台灣，答謝他的故事。

　　這故事之所以記憶猶新，除了是真人真事，同時愛情往往也像這個故事，開始時美麗動人，結束卻往往用我們難以想像的方式，時而難堪，時而荒謬，劃上一個跟我們當初想像不一樣的休止符，落在一首本來悅耳的樂曲上。

　　為何？

愛情結束時，總是不太美麗，是嗎？

我相信有些事結束，並不意味真正的完結。正如那個男生，他仍在努力生活，為了那個女生的夢想打拚，建立屬於他們的王國。女生雖然不在，但他們的愛情故事仍未完，仍是一種「未完待續」的狀態。我想，男生仍是很深愛那個女生。

很多人的愛情也是，即使多年後，仍然未忘心中的最愛，一種單戀的狀態。這是愛情嗎？有千百萬種形態的愛，不應只是一起才叫愛一個人。

我喜歡日文中的一個詞：「　衣」。我們對愛人的思念，猶如穿起的衣服，一樣緊緊貼人，永遠難忘。愛，有它刻骨銘深的感覺。即使多年了，可能我們仍會想起那個人，有時微微一笑，心裡隱隱作痛，原來這叫做愛情。

正如這本書結束，但我們的故事卻仍然繼續。

西樓月如鈎
2024 年 9 月 10 日於香港

書‧寫 7

暗戀：
給你的最後四封情書

暗戀:給你的最後四封情書 / 西樓月如鉤作. --初版. -- 臺北市：春天出版國際文化有限公司, 2024.11 面； 公分. -- (書.寫；7) ISBN 978-957-741-953-8(平裝)		
863.57		113014134

版權所有‧翻印必究
本書如有缺頁破損，敬請寄回更換，謝謝。
ISBN 978-957-741-953-8
Printed in Taiwan

作　　　者	西樓月如鉤
總　編　輯	莊宜勳
主　　　編	鍾靈
版面設計	克里斯
排　　　版	三石設計
出　版　者	春天出版國際文化有限公司
地　　　址	台北市大安區忠孝東路四段303號4樓之1
電　　　話	02-7733-4070
傳　　　眞	02-7733-4069
E — m a i l	bookspring@bookspring.com.tw
網　　　址	http://www.bookspring.com.tw
部　落　格	http://blog.pixnet.net/bookspring
郵 政 帳 號	19705538
戶　　　名	春天出版國際文化有限公司
法 律 顧 問	蕭顯忠律師事務所
出 版 日 期	二○二四年十一月初版
定　　　價	320元
總　經　銷	楨德圖書事業有限公司
地　　　址	新北市新店區中興路二段196號8樓
電　　　話	02-8919-3186
傳　　　眞	02-8914-5724